王厚明 著

心静自渡

山西出版传媒集团
山西人民出版社

图书在版编目（CIP）数据

心静自渡 / 王厚明著． -- 太原 ： 山西人民出版社，
2024.6
ISBN 978-7-203-13436-7

Ⅰ．①心... Ⅱ．①王... Ⅲ．①随笔－作品集－中国－
当代 Ⅳ．① I267.1

中国国家版本馆 CIP 数据核字（2024）第 103340 号

心静自渡

著　　者：王厚明
责任编辑：魏美荣
复　　审：崔人杰
终　　审：贺　权
封面题字：张茂林
装帧设计：谢蔓玉　刘昌凤

出 版 者：山西出版传媒集团·山西人民出版社
地　　址：太原市建设南路 21 号
邮　　编：030012
发行营销：0351-4922220　4955996　4956039　4922127（传真）
天猫官网：https://sxrmcbs.tmall.com　电话：0351-4922159
E - mail：sxskcb@163.com　发行部
　　　　　sxskcb@126.com　总编室
网　　址：www.sxskcb.com

经 销 者：山西出版传媒集团·山西人民出版社
承 印 厂：三河市元兴印务有限公司

开　　本：880mm×1230mm　　1/32
印　　张：8
字　　数：250 千字
版　　次：2024 年 6 月　第 1 版
印　　次：2024 年 6 月　第 1 次印刷
书　　号：ISBN 978-7-203-13436-7
定　　价：79.80 元

如有印装质量问题请与本社联系调换

人生是一场修行

物化于外，心静自渡

王守明

把心托在手掌上

游宇明

"结识"王厚明先生，是因为他的一个叫"思与远方"公众号。记得那年厚明简单地在微信里介绍了一下自己，然后希望我将某篇文章授权给他转发，我同意了。说实话，我数十年来活跃于全国各地的纸媒，在报刊上发表过很多文章，被转载的也不少，出版的几本书亦经常重印，自己觉得只需取纸媒"一瓢饮"就够了，不必在网络上凑热闹，对朋友们希望在公众号转载我文章的要求一般总会谢绝，授权给厚明的公众号，应该是少有的例外。或许是厚明的真诚打动了我吧！

后来不断读到厚明的文章，而且不少是在名报名刊上，比如《光明日报》《前线》《杂文月刊》《北京日报》《解放日报》《南方日报》等，《新华文摘》《青年文摘》《报刊文摘》《杂文选刊》《中国剪报》等报刊也多有转载。厚明在部队工作近30年，后来转业到沿海地区政府部门工作，公务繁忙。他还有各种社会工作，比如担任过重大历史题材文献纪录片《南方三年游击战争》的统稿人，出任过军事科学院建党百年重要书目《党的利益在第一位》系列历史评论撰稿人，主编过《得猛士兮守四方》等书籍。能够在繁杂的工作之余，抽出空闲时间静心写作，实在难得。而且，他的产量堪称丰硕，迄今已在省级以上报刊发表作品 2000 余篇，200 余万字，获过军委文化工作部"纪念长征胜利 80 周年""英雄的史诗"主题征文奖等多种文学奖项，说明他的创作不仅有数量，而且有质量。

印象里，厚明的写作以随笔为主。所谓"随笔"，就是历史、现实、未来均可书写，文化、哲学、天文、地理都可罗致，叙事、抒情、议论皆可采用。这也正是厚明的高明之处。一个人的精力有限，各种文体都去尝试一下当然也不是绝对不可以，但专攻一种文体，力求将其写精写深，也许更能将其推到一个高峰。柳永诗词俱佳，但长处还是词，因为市井是他第一生活来源；韩愈文诗皆备，最出名的还是散文，他的思想别致，更能在散文里得到表达。我在想，厚明之所以在随笔上花那么多工夫，一定也有过认真的思考，一定也立志在文学创作上挖一口深井。这口井，我们自然可以寄望于日后会更深、更出彩，即使是以目前的成就看，也已独具风致。

人不是一个孤岛，必然要跟周围的人发生各种联系，父母、配偶、子女、兄弟、姐妹、朋友、同学、同事、合作伙伴甚至从来没见过的陌生人，都会不同程度影响我们的生活。所谓"道德修养"，说到底就是对待自己、对待他人及社会的一种态度、举止。厚明先生的生活随笔一直立足于这个大方向，主题丰富多彩：认识自己、知止勇退、保持乐观、苦学修品、孝敬父母、反腐倡廉、节制欲望……其文也真，其言也切。

这里不妨举他一篇较长的随笔《生死无痕照丹心》做例子。此文写到的主人公是湖北省政协原主席沈因洛，他"不接受个人专访，不撰写个人回忆录；逝世时，没有花圈，没有哀乐，没有追悼会；没有照片，没有生平介绍，没有墓地"。他心中没有个人：从不收受别人的礼物，干工作永远冲在前头，每年拿出一个月的离休费捐助慈善事业……厚明是高明的，他记录的这类领导干部的每一个行动都是给那些腐败分子一记响亮的耳光。

厚明也喜欢写历史随笔。历史是过去了的现在，它的价值取决于今人从中获益的程度。在厚明笔下，历史人物各具性情，比如老舍的幽默、金岳霖的好玩、丰子恺的豁达、蒋天枢的尊师、俞平伯的君子之风、郑振铎的赤子情怀、马寅初的爽直……在这样的性情里，人物的品格襟怀栩栩如生。

《内心强大的季羡林》就是通过性情写品德的作品之一，它着重呈示的是人物的低调：不去参加有关方面举行的庆祝自己任教六十周年暨九十五华诞的会议、三辞"国学大师""学术泰斗"之类的桂冠，以此推出一个观点：内心强大，方能宠辱不惊，过渡自然至极。

厚明的随笔在笔法上也颇讲究。例如注意逻辑自洽，以故事营造趣味，重视写作的视角，限于篇幅，不再一一展开。

又回到开头第一句，"结识"二字之所以打引号，是因为我与厚明一直是文字之交，在生活中没有见过面。就是这样，厚明的真诚、执着已经给了我足够多的惊喜，相信生活中的他会像文字里的他一样美好，甚至比文字里更加可亲可敬。

是为序。

游宇明，男，1963年生，湖南人文科技学院文学院教师。国家一级作家（正高），中国作家协会会员，湖南省作协教师作家分会副主席，《读者》《特别关注》等刊物签约作家。在《人民日报》《青年文学》等省级以上报刊发表作品700多万字，被知名文摘报刊大量转载，入选多种大中学文学教材，连续22年进入全国性权威文学年选。入选《名家名篇精短散文》《中国当代杂文二百家》等。著有畅销书《不为繁华易素心：民国文人风骨》。

目录

第一辑
留一只眼睛看自己

第二辑
静心自渡更从容

第三辑
见素抱朴守初心

自渡

心 静

第四辑
以德立身品自高

目渡

第六辑
不妨迈步人生的"天桥"

自渡

认识你自己

人的一生，其实是认识自己的过程。正如古希腊哲学家苏格拉底所说："认识自己，方能认识人生。"道出了人与人生的关系，也道出了意识与存在的哲理。但更应该说，认识自己才有人生。那么，如何才算认识自己？认识自己，又何以拥有人生？

《道德经》中有言："知人者智，自知者明。"认识自己，正是全方位的自知。只有客观地察己知己，才能看清自身长短，充分了解自己的能力，面对问题，才能作出正确的判断和明智的选择。

1952 年，身为犹太人的爱因斯坦收到了时任以色列总理本·古里安的来信，信中询问爱因斯坦愿不愿意成为以色列第二任总统候选人。爱因斯坦看了这封信，毫不犹豫地拒绝了这个提议。不久之后，爱因斯坦在报上发表了一份声明，正式谢绝出任以色列总统。他曾在声明中说，他深深地感谢以色列政府对他的信任和尊重，但他必须拒绝这一荣誉。他整个一生都在同客观物质打交道，既缺乏天生的才智，也缺乏经验来处理行政事务以及公正地对待别人。所以，不适合如此高官。同时，他还再次引用了他自己的话："方程对我更重要些，因为政治是为当前，而方程却是一种永恒的东西。"

"倚天照海花无数，高山流水心自知。"爱因斯坦面对总统的巨大光环和荣誉，没有丢失自我，也没有跨界享用声名，而是清醒认知自己的优劣长短，坚守自己的信仰和价值追求，也成就了他的精彩人生。

认识自己之所以重要，是因为它是成就自己的前提。即使不一定能事事顺意，但至少可以给失败和挫折做减法。否则，自我而不自知，找不准自己的位置，很容易让自己走了弯路，空耗了时间和精力，遭受不必要的损失。

法国著名作家巴尔扎克便是如此。年轻时的巴尔扎克热爱写作，但迫于生计，他选择了经商，想赚够了钱再无忧无虑地写作。结果对商业一窍不通的巴尔扎克经商失败，欠下了巨额高利贷。为了还清债务，巴尔扎克一天至少伏案工作 12 个小时，甚至经常达到 18 个小时。为保证写作时清醒，巴尔扎克嗜浓咖啡如命，他曾说过："我将死于 3 万杯咖啡。"好不容易靠着高强度的写作还清了债务，赚取了一些生活费，认不清现实的巴尔扎克又再次把钱投入商场，并再一次破产，欠下巨债。就这样，巴尔扎克屡次经商屡次失败，直到劳累过度与世长辞也没能还清债务。一代文豪落魄至此，其人生之不幸令人唏嘘。

有人认为要有一个好的人生，不如有个好的平台或圈子重要。固然，人不能选择出身、家庭，不同的境遇意味着不同的命运。但没有自知之明和与之匹配的素质，即使身在那样的平台和圈子也难以有所作为。正如媒体曝光的少数官二代、拆二代等，如果缺乏清醒的自知，肆意炫耀和挥霍并非自己奋斗得来的资源，终归会受到现实冰冷的惩罚。

卡耐基在《人性的弱点》中提醒：适合自己的，才是最好的。所谓"因地制宜""量体裁衣"，都是这个道理。人总会有智力、运气的差别，总会受环境、现实的约束，但需明白，车马与高铁无法相比，高铁与飞机不可并论。认识自己，就要认清自己的人生"配置"，自知基本"性能"和发展"潜能"，别把运气当才华，别把平台当本事。事物，要和能力匹配，如果自不量力，超出自己的能力范围，只会与规律和大势相违，与折腾和苦累相伴。因此，也应该明晰，喜欢做的行当，不一定适合自己；干不了的事情，不要勉强；心里没底的诱惑，不要尝试；不对等的圈子，不要硬融。"打肿脸充胖子"，自以为无所不能，只会让自己成为笑话。

找到最适合自己的，不是让人停止不前，也不是去怨天尤人，而是为了找到一条属于自己的路，去收获前行路上的惊喜。1994年新加坡旅游局给李光耀总理致电，大意是，我们不像埃及有神奇的金字塔，不像法国有举世闻名的埃菲尔铁塔，不像夏威夷有漫长的海滨，不像中国有巍峨蜿蜒的万里长城，我们只有一年四季直射的阳光。李光耀总理批示道：阳光，阳光就够了！后来，新加坡利用一年四季直射的阳光大面积种植花草，吸引了无数外国游客，国民生产总值连续多年跻身亚洲前三位。

作为世界著名三大男高音歌唱家之一的帕瓦罗蒂，从小就拥有优越的歌唱天赋。但年轻时的帕瓦罗蒂更喜欢当教师，为此他还专门读了师范大学。不幸的是，等他真正开始上课后，才发现教课对自己而言宛如一场噩梦——学生们格外调皮，而帕瓦罗蒂并不擅长管教，他说："我无法在学生面前显示出自己必要的权威。"帕瓦罗蒂十分痛苦，不知如何是好。这时他的父亲告诉他："选择你的优势，找准你人生的定位，一个人不能同时坐在两把椅子上。"于是帕瓦罗蒂放弃了在教书这一行业"做出点动静来"的念想，重拾自己拿手的歌唱事业。找准了位置的帕瓦罗蒂很快便走入正轨：1961年，25岁的帕瓦罗蒂在阿基莱·佩里国际声乐比赛中荣获一等奖，此后又多次参加其他大型歌剧演唱。1963年，已小有名气的帕瓦罗蒂被邀请在英国伦敦皇家歌剧院进行救场演出，从此一战成名，一度被称赞为"高音C之王"，甚至"帕瓦罗蒂"这个名字就是男高音的代表。

一个人要知道自己的位置，就像一个人知道自己的脸面一样。认识自己，重在平视自己。正如杨绛先生所说："无论人生上哪一层台阶，阶下有人仰望你，阶上亦有人俯视你，你抬头自卑，低头自得，唯有平视，才能看见真实的自己。"认识自己，贵在定位自己。清人阮元在《吴兴杂诗》中说："深处种菱浅种稻，不深不浅种荷花。"讲的就是不同位置有不同的价值。每个人都有自己独特的优势和价值，要懂得取舍，学会扬长避短，既不夜郎自大，也不妄自菲薄，既不邯郸学步，也不坐井观天，学会找准自己的位置。认识自己，成在突破自己。人是可塑的。现在的我，并不是过去的我。不断修炼自己、战胜自己，才能超越自己、成就自己，才能跳出固有圈层，追求更高层次，赢得更多机遇。

"认识你自己！"这句刻在希腊圣城德尔斐神殿上的著名箴言，不仅蕴涵着反躬自省、静心自渡的谆谆告诫，更传递着灵魂成长、凤凰涅槃的人生追求。

留一只眼睛看自己

日本曾有两位久负盛名的剑手，一位叫宫本武藏，一位叫柳生寿郎。当初出茅庐的柳生遇见已是著名剑手的宫本时，发誓要成为伟大的剑手，便问老师："假如我跟您学习，多少年可以成为伟大的剑手？"宫本答："一辈子。"

柳生说："我不能等那么久，您若肯教我，我愿下苦功夫，甚至当仆人都可以，要多久才能成功？"宫本说："大概要十年。"

柳生急着再问："如果我加倍努力要多久？""也许要三十年。"宫本微笑着说。柳生心中奇怪，为什么愈努力，需要的时间愈久？

宫本说："你两只眼睛都盯在第一流的剑手上，哪还有眼睛看你自己？第一流的剑手是永远保留一只眼睛看自己。"柳生听后若有所悟，在宫本教导下最终成为一流剑手。

无独有偶，意大利画家莫迪里阿尼所画的肖像画也有一个突出特点，就是许多成人只有一只眼睛，当别人问他是何用意时，画家的回答耐人寻味："这是因为我用一只眼睛观察周围的世界，用另一只眼睛审视自己。"

在中国，"吾日三省吾身"是重要的修身之道，要求人们重内省、常慎独，"闭门常思己过，闲谈莫论人非"，常把目光放在自己的不足上。反对像一只手电筒那样为人处世，只照他人不照自己，眼睛总是看他人的短和弱，习惯苛责于人，却无视自己的虚与误，如王阳明所言："学须反己，若徒责人，只见得人不是，不见自己非。若能反己，方见自己有许多未尽处，奚暇责人？"

可见，留一只眼睛看自己，善于自我审视，是古今中外有所作为者的共识。如今，我们生活在一个压力大、快节奏的时代，日复一日为事业、生活、名利奔忙，很少有人愿意停下来欣赏身边的风景，更难得回头审视来时的路。全然不顾自己的长与短、是与非，眼里只有不确定的未来，往往会陷入偏离初心、失去自我、随波逐流的境地。

留一只眼睛看自己，是要看清真实的自己。看清自己，就可以明晰自己的底数和实力，正确认识事物，权衡利弊，制定符合实际的目标，做到有所为有所不为。《韩非子·喻老》中载，楚庄王欲伐越，庄子劝谏并问缘由。楚庄王回答："政乱兵弱。"庄子说："我虽说很无知，但深为此事担忧。见识如同眼睛，能看到百步之外，却看不到自己的睫毛。大王的军队被秦、晋打败后，丧失土地数百里，这说明楚国军队薄弱；有人在境内作乱，官吏无能为力，这说明楚国政事混乱。可见楚国在政乱兵弱方面，并不比越国好多少，您却要去攻打越国，这见识如同眼睛看不见眼睫毛一样。"楚庄王听后便打消了攻打越国的念头。由此，韩非子说："故知之难不在见人，在自见，故曰：'自见之谓明。'"他认为认识事物的困难，不在于能否看清别人，而在于能看清自己，只有学会自我审视才是明智的。

古人云："自知者明，自胜者强。"曾国藩40岁时在家书中曾这样反省："兄昔年自负本领甚大，可屈可伸，可行可藏，又每见得人家不是。自从丁巳、戊午大悔大悟之后，乃知自己全无本领，凡事都见得人家有几分是处。"正是他留一只眼睛看自己，时常自我检视反省，也使他成为"晚清中兴四大名臣"之一。留一只眼睛看自己，也是留一分真知和觉悟给自己，不会被一时的喝彩和掌声迷惑，不会被内心的杂念和欲望误导，只会更加清醒理智，谦逊谨慎，去伪存真，汲人所长，从而战胜自己这个人生最大的敌人，让自己走向成功和卓越。

留一只眼睛看自己，是发现点亮自己的明灯。卢梭的传世经典《忏悔录》中，开篇说道："深知自己，也知世人。"一个深知自己又知世人的人，想必是很难迷路的。因为无论走多远，他们都不会迷失初心，始终记得自己的人生坐标在哪里。留一只眼睛给自己，自审不足并非让自己陷于一无是处的自卑，而是在失意气馁时，善于发现自己的闪光点，学会扬长避短，重拾走出阴影和战胜失败的信心。而不应像毛泽东所反对的："在危险环境中表示绝望的人，在黑暗中看不见光明的人，只是懦夫与机会主义者。"因为，黑夜给了我们黑色的眼睛，我们应该用它来寻找光明。

留一只眼睛看自己，是自审、自砺而非自恋。如果自视甚高，总是为自己的优点而沾沾自喜，无视缺陷和不足，则容易走进另一个误区。正如古希腊神话里的美少年纳西索斯，竟然爱上了自己水中的倒影，难以自拔，最后溺水而死。因此，一个人一旦妄自尊大、自以为是，两只眼睛只看自己，必然陷于自矜则愚、自满则败的境地。

人生在世，每个人都追求有价值、有意义的生活。古希腊先哲苏格拉底说过这样的话："未经审视的生活是没有价值的生活。"这也启示我们，留一只眼睛看自己，自审自知是自砺自强的关键所在。那些认真审视自己，时刻反省自己的人，才能使灵魂得到升华，真正拥有求真务实、战胜一切的智慧和力量。

知止勇退更向前

最近，河北秦皇岛市反诈民警陈国平火爆网络，他关闭打赏功能，在快手平台通过和各大网红连麦向观众宣传反诈骗知识，幽默搞笑的连麦环节引来众多网友围观，短短几天就吸粉 400 万，视频播放量突破 8000 万，还"带红"了国家反诈中心 App。正当走红之际，年逾 40 的老陈警官却决定停止各平台的直播。面对央视网记者的采访，他坦言自己只是个中专生，能力有限，走红后说的每一句话都有被误解的风险，可能造成负面影响甚至引发舆情，但他表示今后将以其他形式继续进行反诈宣传工作。老陈警官急流勇退，并没有迷失在爆火的虚华中，可谓清醒。

在中国历史长河中，不乏知止与勇退的镜鉴。老子在《道德经》中告诫："持而盈之，不如其已；揣而锐之，不可常保；金玉满堂，莫之能守；富贵而骄，自遗其咎；功遂身退，天之道也。"张良"运筹帷幄之中，决胜千里之外"，成就刘邦的帝王之业，当刘邦让其择齐国三万户为食邑，他却"视功名于物外，置荣利于不顾"，杜门谢客，弃官辞封，至今在张良庙的大殿上还可以看到"明哲风高""急流勇退"等颂匾，可谓其功成身退、知止不辱的生动写照。

晚清重臣曾国藩，在攻破天京，平定太平军后，声名威震天下，被朝廷加封太子太保、一等侯爵,世袭罔替,并赏戴双眼花翎。当时部下劝他发动兵变,举湘军起事,自立为王,他严词拒绝,并挥笔写下"倚天照海花无数,流水高山心自知",以表心迹。后解散湘军,自削兵权,斩杀羽翼,以释清廷疑虑,被誉为中兴第一功臣。正如他自己所说:"人生之善止,可防危境出现,不因功名而贪欲,不因感极而求妄。"

马克思讲过:人们的奋斗所争取的一切,都同他们的利益有关。但这种奋斗和争取,不是"得陇望蜀"的欲望膨胀,也不是不知深浅的痴心妄求,而是与理想相融合、和能力相匹配、对法纪常敬畏的进取。"甚爱必大费,多藏必厚亡。"如果做人不知收敛,做事不能退舍,难免会迷失自我,陷入"身后有余忘缩手,眼前无路想回头"的境地。真正的明理睿智,是在名利加身和功成荣光面前能知止勇退,及时去除内心的浮躁,时刻保持灵魂的清净。

有时候,知止勇退并非为了远离是非、明哲保身,而是不拘一事一境一城,为了更丰富、更高远的人生体验和价值追求。李开复曾在苹果、SGI 等 IT 公司担任要职,并成为微软、谷歌的全球副总裁,当所有人都仰视着全球 500 强的光芒时,李开复却在谷歌中国区发展如日中天时选择离开,来回穿梭于各大高校演讲,成为"青年导师",又开创"创意工场"帮助中小型企业发展,他也因此入选"中国改革开放海归 40 年 40 人"榜单。可以说,退,不是满足,而是人生路、攀登路上的又一个起点。

20 世纪 80 年代,陈慧娴是香港唯一可以与梅艳芳平分秋色的女歌手,唱红了《傻女》《夜机》《千千阙歌》等多首金曲。1990 年,陈慧娴急流勇退到美国读书,再回到香港发展歌唱事业时,"天后"之位却早已易主。复出后,陈慧娴不断被问到"是否后悔当初隐退的决定",而她却不以为然:"对我来说名利不是一切,我活了很精彩的人生，留学让我更加独立、成熟，大开眼界。"正如一句话说得好，小溪放弃平坦，是为了回归大海的豪迈；落叶离开枝干，是为了期待春天的灿烂。人生进退起伏，需要"不进则退"的意志，也需有"以退为进"的智慧，看似"断舍离"的退走，却是为了更有意义的向前。

　　先哲墨子说："知止，则日进无疆，反者，道之动。知足不辱，知止不殆。""知止勇退"是一种智慧，并非教人不思进取、安于现状，而是推崇心中有戒、用舍有时，对名利多一些淡然，对进退多一些坦然。要奋发有为，必然要看清形势，预判风险，知道进退，懂得收放，量力而行，尽力而为，为事业积蓄更多的力量。

"不如弗知"的境界

香港著名导演王家卫曾说过一句话:"人最大的烦恼,就是记性太好。"是的,古人早有"世间本无事,庸人自扰之""大行不顾细谨,大礼不辞小让"的劝诫,多少人因为执念太深,计较太多,放不下的灵魂加载了众多包袱,让人生的脚步变得愈加沉重,最终不堪重负而走向困惑。或许,"不如弗知"的态度可以一解其惑。

"不如弗知"缘于清人《宋稗类钞》,吕文穆公蒙正,不记人过。初参政事,入朝堂,有朝士于帘内指之曰:"此子亦参政耶?"文穆佯为不闻而过。同列令诘其官位姓名,文穆遽止之。朝罢,同列犹不能平,悔不穷问。文穆曰:"若一知其姓名,则终身不能忘,不若毋知之为愈也。"

讲的是吕蒙正刚被提拔为参知政事时,第一次以新身份和同僚一起上朝时,人群里有位朝官指着他说:"这小子居然也能当参知政事?"吕蒙正听了却装作什么也没听见,不动声色地走了过去。和他一起来的同僚听到有人藐视吕蒙正,就要去查明说话者的身份、姓名,吕蒙正连忙制止。早朝结束后,同僚们仍然为吕蒙正打抱不平,后悔当时没有追究查问。吕蒙正说道:"我如果一旦知道了姓名,就终生不会忘记,所以不如不知道为好。"

不少人认为这是吕蒙正心胸宽阔器量大，其实我认为并非完全如此，而是他能洞察人性的弱点，深知人非圣贤，喜怒爱憎、报恩记仇是人之常情，一旦知晓谁非议自己难免会耿耿于怀，大概正迈入政坛的吕蒙正认为不值得为此人此事去虚耗精力，才会"不如弗知"，不去计较而除却无谓的烦恼。这才是吕蒙正的睿智高明之处。

与"不如弗知"态度相对的是斤斤计较、睚眦必报。遭遇极小的不平和怨恨也一定要深究和报复，自戕互害是必然的结局。因此，能否"不如弗知"，往往是衡量一个人心理素质的标准。

如此看来，"不如弗知"不仅是一个处世之道，更是一种人生智慧。周国平说："人生的许多痛苦都源自于盲目较劲。"面对不敬，不去深察细究、计较一时，其实更能看清潜在的祸患和伤害，能明辨事后的利弊和得失。懂得及时止损，不让外部的干扰影响更重要的追求，打乱自身发展的节奏。否则执迷不悟、纠缠不清，只会收获不良情绪，遭受意外的伤害，因小失大，得不偿失。

"不如弗知"蕴涵放下是非的清醒。人的一生，难免会碰到很多不顺心的事，对于不公正的待遇、不友善的态度、工作上的不配合等，如果一味较劲较真，很容易加重心中的负累。《菜根谭》曰："风来疏竹，风过而竹不留声；雁度寒潭，雁去而潭不留影。故君子事来而心始现，事去而心随空。"对待无法避免的是非，不念过往，不畏将来，坦然释怀，才能不乱于心，不陷于害。

"不如弗知"彰显不纵人恶的责任。为人处世，重要的是不锱铢必较，事事苛责挑剔，不与认知悬殊的人意气相争，不给他人散发恶意的机会，何尝不是一种善意？有时候，与人为善，也是为了不纵人恶；宽容别人，其实也是加冕自己。胸怀广阔，不计恩怨，多了一份豁达的同时，也是在承担回馈社会的责任。

其实，"不如弗知"，并非不知，而是先知了人性弱点，预知了风险隐患，深知了社会责任，不再去纠缠是非、计较得失、分清对错，活在了心无挂碍、神聚正道的境界。

"劝君归去来，飞空鸟无迹。"是以为念。

你的冷漠是良心的孤独

如今，微信已经覆盖了 90% 以上的智能手机，不少人开通了个人微信公众号，自我的个性表达、情感释放已成为一种新的精神诉求，这何尝不是在寻求一种"存在感""归属感"和"成就感"，也是一种发现自身价值的方式。然而，在拥有的"粉丝"中，有的人碍于情面关注，有的人出于利益关系关注，但事后基本沉默寡言，留言点赞更是难得，仿佛并不存在。

尽管微信中发布的内容是否有价值、趣味性和情感共鸣是关注、转发的一个重要考量，还包括每个人的身份、职业等各种顾虑，但拒加好友、关闭浏览权限、拉入黑名单等做法无疑加剧了心理封闭，也不免成为所谓的"僵尸粉"。很多人一个共同的感受是，越是熟人亲友越冷漠，相反，热心关注点赞的往往是那些陌生人。正如一个网友所说，宁要 100 个铁杆网友，也不要 1000 个虚假关注！这也道出当前朋友圈的一种人际现状，"僵尸粉"不好听，"僵尸企业"也不光荣，但有僵尸心态的人并不少见。

僵尸心态，其实是以敷衍维系感情，是一种乐于围观当看客的冷漠，也是一种不屑也不敢担当的无为。

俄罗斯有句俗话，"虚伪吃灵魂"。一个人如果怀有僵尸心态，就会流露出无法掩饰的虚伪，表面上一个样子，内心是另一副模样。如果在自己的心里深深扎下根来，往往会是工作上阳奉阴违，人格上言行不一，如果放任这种心态，谈何矢志理想、忠诚信仰，谈何敬业奉献、修身齐家？

"你的冷漠是良心的孤独。"僵尸心态外化的是一种冷漠的表情。僵尸心态源于自私，以自我为中心，不屑也吝于付出，同时也是对责任的逃避。事不关己、高高挂起是其一贯做法，人弱看笑话、人强说闲话是其典型表现，清高孤傲、不屑参与是其内心标配，僵尸心态一旦居心上位，必然缺失服务的精神、团结的作风、向善的胸怀。诸如 18 位过路人对佛山街头小悦悦的"道德近视"，一些围观者怂恿跳楼者往下跳的"精神麻痹"，都不自觉地充当"打酱油"和"吃瓜群众"的角色。长此以往，这种心态也会相互影响，或围观不幸拒施援手，或习惯猜忌不团结共事，或漠视新弱鲜有鼓励，其现实弊害是显而易见的，值得深刻反省自鉴。

僵尸心态也映射为官不为、遇事不为的消极懈怠，其实是"怕"的心绪当头：怕担当，当官怕有责，干事怕负责，出事怕追责，怕与苦活、累活、麻烦事沾边，怕与这责任那挂钩牵连，要么讲价钱，要么找理由，只求一身轻松，不求一身责任。怕动脑，也想有所作为干事有成效，也希望创新有成就创业有成果，但却不愿付出艰苦的努力。筹划调研习惯闭门造车，服务基层总是蜻蜓点水，往往看不透问题、找不准症结、把不住规律，思维模式、工作方法的桎梏依旧挂在脖子上。怕竞争，凡事安于现状、不思进取，有居稳怕乱之意，无争先创优之心；有到点下班之乐，无竭尽全力之念。诊脉僵尸心态，症结在于不忠诚共同理想，甘当懒官、庸官，怕冒头露尖当国之栋梁、社会脊梁，怕释放智慧能量拖累自己、福泽群众。

曾获诺贝尔和平奖的特蕾莎修女说："我们以为贫穷就是饥饿、

衣不蔽体和没有房屋。然而最大的贫穷，却是不被需要、没有爱和不被关心。"常怀僵尸心态正会导致心灵的贫穷。不妨自问一下，自己的内心深处，甘不甘愿当绿叶、为扶梯？有没有助人为乐、与人为善？摒弃僵尸心态，就要胸怀大爱，用包容和善良去点亮一盏心灯，哪怕是微弱的光，也能照亮周围温暖人心。能够团结教育群众、真诚帮助群众，就是幸福的、快乐的，因为你的心中很亮堂。

"以实待人，非唯益人，益己尤大。"时代转型更需价值归属的温度。以微文化为理念的平台正承载着人们价值观念重塑的使命，每个人都应有这份沉甸甸的责任，切勿让思想习惯僵化，行动变得僵硬，不妨解开心结，用真诚替代冷漠，让内心充满阳光和善良，共同营造真实做人、热情干事、进取有为的时代氛围。

"自己也是百姓"

1995 年 6 月 8 日，时任国务院副总理的朱镕基同志视察内乡县衙，在三省堂楹联前驻足伫立，良久思忖后，对身边同志说："咱们都是百姓啊！"朱镕基之所以说出这句话，正是源于对楹联文字的感慨。

这副楹联写的是："得一官不荣，失一官不辱，勿说一官无用，地方全靠一官；吃百姓之饭，穿百姓之衣，莫道百姓可欺，自己也是百姓。"楹联是清康熙年间内乡知县高以永所题。高以永，浙江嘉兴人，他当官 14 年却一贫如洗，死后这副楹联被康熙称为无价之宝。楹联语言朴实，阐明了"得与失""荣与辱""官与民"的辩证关系，尤其是"自己也是百姓"的思想至今仍有借鉴意义。

自己也是百姓，贵在"以百姓心为心"。高以永为官清廉，以民为贵，主张政简刑轻，始终以亲民为民之心体恤百姓。《内乡县志》称他"在事数年，温厚和平为治务，慈祥恺悌之声无间遐迩"。内乡本不产黑铅，但每年黑铅贡赋 300 斤，只得到外省采购。之后竟加征黑铅至 2.8 万斤。高以永数次为民请命，直到离任之时，依然在为减免黑铅贡赋奔走呼吁。

自古以来，大凡能常驻百姓心中的干臣贤吏，都是把人民的冷暖疾苦置放于心坎上。党的各级干部来自人民，与人民立场一致、情感相通、追求与共，从"人民至上"到"以人民为中心"，从"我将无我，不负人民"到"江山就是人民，人民就是江山"，都要求我们莫忘"自己也是百姓"，对群众心怀敬畏之心，学会将心比心，换位思考，心里装着群众，一切为了群众，当好人民群众的贴心人。

自己也是百姓，功在"权责尽于民"。高以永以勤政为己任，不畏权贵、秉公执法，矢志造福一方百姓。任内乡知县时，正值明末战乱后不久，民生凋敝，他"发给种子，调剂耕牛，广开荒田"，多次向上申请"六年内不收赋税"。主政安州时，将违法税吏革职查办，革除不合理税赋，并立石碑"凡公事皆官自理，不得烦及里民"于县衙。

当时，襄阳驻军杨来嘉部常越境骚扰，诱骗贫民子女离家为奴，如有逃脱，就抓捕亲属邻人。高以永获悉，下令抓捕两名士卒。此事报到南阳知府，知府畏惧襄阳将军之威想释放士兵，但高以永坚持上报治罪。最终，两名士兵依法获罪。清同治《内乡通考》评论说，"高以永，广开垦，除匪盗，其有造于内乡者甚大"。

孙中山先生曾说过："官吏，则不过为国民公仆。""自己也是百姓"，就要认知人民公仆的角色和定位，明晰自己从哪里来，权力来自谁，权力该服务谁，坚决克服专权、特权、滥权现象，坚持为民用权、依法用权、秉公用权、廉洁用权，肩扛"地方全靠一官"的责任担当，倾心解决群众的"急难愁盼"。

自己也是百姓，重在"与民同咸淡"。《嘉兴县志》载，康熙二十八年，安州"境内大旱，赤地千里"。高以永看在眼里，急在心上。他向上申请赈济银子三十万两，骑着马，顶着炎炎烈日走遍各村，亲自发放赈灾银。由于连日奔跑，"面目黧黑，见者不知其为官也"，以至于百姓都不知他是父母官。

高以永勤政廉政，严于律己。为州县官十一年未携家人至任所。每次离任，"仅囊衣箧书自随而已"。行李箱中仅仅几件衣物和一些书籍而已。积劳成疾病逝时，家中没有私产，只有银子五两、三箱子书本，连灵柩也没钱运回家乡，靠亲友资助才得以归葬。

高以永一身正气，两袖清风，时刻远离"特殊"二字，留下了令人敬仰的清廉之风。如果以"官"自居，把自己和群众割裂开来、对立起来，说话打"官腔"，做事摆"官谱"，为人拿"官架"，必然会走向脱离群众、蜕化变质的境地。为此，要常思"自己也是百姓"，坚持深入基层，扎根群众，始终与百姓想在一处、坐在一块、干在一起，始终保持与人民群众的血肉联系。

2013年11月26日，习近平同志在山东考察时，也谈及高以永这副对联。他指出，这副对联以浅显的语言揭示了官民关系，封建时代官吏尚有这样的认识，今天我们共产党人应该比这个境界高得多……历史是一面镜子，新时代党员干部要用"自己也是百姓"的精神之光照亮自己、砥砺前行，真正无愧于历史、无愧于时代、无愧于人民。

使功不如使过

在不少领导和管理者的思维里，优先使用能力和成绩突出的人是理所当然的选人、用人标准。特别在当今改革创新的工作实践中，追求完美、求全责备的心理较为普遍，对下属工作"眼里容不下一粒沙子"，做事容不得一丁点闪失，这种追求"水至清""人至察"的观念值得警惕和反思。

《后汉书》中有一句话："夫使功者不如使过。"意即使用有功绩的人，不如使用有过失的人。唐朝太子李贤在这句话下作注："若秦穆赦孟明，而用之霸西戎。"其中典故讲的是秦国大将孟明曾经两次被死敌晋国打败，之后又在防守时一路退却丢城失地，可秦穆公却始终信任他，让他吸取教训领兵再战。孟明也不负所望，最终使秦国扩地千里，成为西戎霸主。

之所以"使功不如使过"，是因为过错和失败有其不可替代的价值。恩格斯有句名言："伟大的阶级，正如伟大的民族一样，无论从哪方面学习都不如从自己所犯错误的后果中学习来得快。"中国也有句古话，"翻过车的把式才是好把式"。都说明"过"有其特殊的价值。较之工作经历顺利的人，"失败者"因为有经验教训的汲取、总结，对事物的看法更全面、更深刻，因而往往拥有常人难以具备的优势。

正因为此，失败可谓"血色财富"，可以审视当下、警醒未来。战争年代，毛泽东经常研究自己指挥长沙战役、土城战役等"走麦城"的教训，并告诫指挥员要"引证不良战例以为鉴戒"。俄罗斯军队有"失败纪念馆"，美国陆军指挥与参谋学院设有"败战教育中心"，等等。这些国家的军队，都注重研究世界军队的失败战例，以"堑"增"智"，防止上了战场重蹈覆辙。

重视失败所带来的经验教训，不仅在战场，在商界也是一种共识。阿里巴巴创始人马云说过，他更愿意分享很多失败的教训。所有的失败都是最佳的营养，这是心态，怎么看待这个失败，怎么跨过这个失败很重要。罗振宇则说，这个时代不同了，研究失败就像是有人帮你点亮路灯……创业不能学习，但是知道别人走过的坑就是有用。这些看法道出了错与败的潜在价值。

"使功不如使过"，需要深远的认知和眼光。西汉刘向《说苑》中有则"杨因见赵简主"的故事。杨因坦诚说自己在家乡三次被人驱逐，在官场五次被撤职。左右认为杨因是有八次过失的人而劝谏赵简主。赵简主却说："美女是丑妇的仇敌，君子往往被乱世所疏远，正直之举常被恶人所憎恨。"坚持授给杨因相位。赵简主并未被表面现象所干扰，而是有自己的独立思考和判断，力排众议，对杨因委以重任，最终"而国大治"的结果也证实了他的判断。

当然，对待犯错或失败的人，并非全然接受，而是要看是否真正吸取教训，认真改进修正自己，做到知耻而后勇。否则屡错屡犯而不知纠改完善者，只能是弃之而非"使过"了。因为，固然可以试错容错，但并不意味着错误可以永远犯下去，而是需要在挫折和试错中成长。正如孔子有很多优秀学生，但他说最优秀的是颜回，理由是颜回"不贰过"。这是因为颜回能吃一堑长一智，不在同样的地方摔第二个跟头。可见，能否从失败中汲取再次崛起的经验，拥有"跌到谷底的反弹力"，才是更为重要的。

"使功不如使过"，离不开容错的胸襟和信任。人非圣贤，孰能无过？对待有过之人，关键是判断其是出于公心还是私心，不因某种缺点或过错而全盘否定。善于"使过"，是用发展的眼光和辩证的态度看挫折或失败，将"过失者"始终置于视野之内，充分信任，大胆任用，让"过失者"痛定思痛，以过为师，卷土重来直至胜利。

在中国历史上，汉武帝的"后世莫及"之功，离不开他"使功不如使过"的胸怀和眼光。无论是对待出征时沿途贪墨军资财货的李广利，还是迷途失机的张骞、赵食其，或是折损士卒的李广、公孙敖，汉武帝均不拘以文法，使立功自新。如此则将士用命，无不奋力。班固也称赞"汉之得人，于兹为盛"。比尔·盖茨用人的秘诀就是雇用曾经犯过错误的人。与他持有同样观点的还有美国哈佛商业研究院教授约赫·科特。当大家讨论一位"32岁有过一次惨痛失败的人"能否担任高级职位时，他说："我担心的是这个人从未失败过。"

鲍伯·胡佛是美国空军著名的战斗机试飞员。有一次，他飞行表演完毕驾机飞回洛杉矶，途中两个引擎突然熄火同时失灵。好在胡佛临危不惧，凭借丰富的经验安全着陆。事后，经检查发现，他所驾驶的螺旋桨飞机，油箱里添加的是喷气式飞机用的燃料。负责加油的机械师吓得面如土色、痛悔不已，这次粗心险些造成机毁人亡的严重后果，他忐忑不安地等待胡佛的处罚。

然而胡佛并没有对他大发雷霆，却对他说："为了表示我相信你不会再犯同样的错误，我想从明天开始，请你继续为我维修保养飞机。"听闻此话，机械师满脸惊诧，充满感激之情。此后，这位机械师一直负责胡佛的飞机维修工作，再也没有出现过任何差错。

"所有从苦难中学到的东西，都不会没有价值。"无论是对于组织抑或个体，皆是如此。领导者正确认识、任用"过失者"，就能让"过失者"破茧成蝶，把失败的经历变为宝贵的财富，助推事业的成功。

圆斑鹿的眼光

　　智利高山上有一种鹿，叫圆斑鹿，每年都会翻越陡峭的山崖。每次翻山，许多鹿都会因为脚下踩空掉下山崖摔死，也有的虽然最终挣扎保命，却被山上的尖石划得遍体鳞伤。当然，也有身上毫发无损安全通过的。尽管翻山后鹿群会伤亡过半，但圆斑鹿始终坚持着这一传统。

　　翻山过后的鹿群还要继续迁徙，直到找到水草丰美的地方。可它们并不急于前行，而是要坚持在这里停留一段时间，虽然这里没有丰足的食物，但它们宁愿饿着。因为，它们要在这里完成头领的更换。

　　然而，费尽千难万险，成功翻越山崖且毫发未损的鹿群中，并不会诞生头领。成为鹿群头领的，往往是翻下山崖又重新爬上来，或者是遍体鳞伤掉了队，最终赶上来的鹿。这也正是圆斑鹿在这里等待停留的原因。

　　圆斑鹿的这一现象之所以为人称奇，是因为动物界的智慧是生存的智慧，来不得半点虚假。圆斑鹿之举启示我们，人生最大的成就并不在于从来不摔跤，而在于每次摔倒后都能爬起来。但更透露出一种选人用人的智慧，值得我们借鉴思考。

选人要设"伤亡过半"的大考。圆斑鹿的选择启示我们，选人用人要注重实践性，不能局限于平时考察或一般性的考核，而必须着眼使命任务和职责职能必需、必备、必会的能力素质来设置考核课题。要注重风险性，如同在过独木桥的难题险境中考察人，考核必须有过关概率较低的难度和强度，风险关联人的胆识和能力，越接近实战越能考验、锻炼、成就人，越能区分能力素质上真正的优劣。要注重竞争性，鼓励先人一步、高人一筹的拼搏奋斗，在走出困境、走向成功中历练人才。

育人要有"来者可追"的等待。值得我们思考的是，圆斑鹿面对跌下山崖的伤鹿，在抛弃还是等待上，它们的选择是后者，尽管它们不谙人间职场的深奥和微妙，但却有着适者生存的朴素法则和期待种群生生不息的长远眼光。

这种眼光，要摒弃胜优败劣的片面思维。胜败乃兵家常事，无论是动物界还是人世间，优胜劣汰的丛林法则尽管是一种残酷的现实，但胜败也存在诸多偶然因素，胜者并不意味着就是强者，败者也不等于就是弱者，选人用人要摒弃胜者为王败者为寇的观念，给失败者以最大成长空间。

另外，还要摒弃用胜弃败的习惯思维。生死抉择之间不允许圆斑鹿分亲疏远近，也不能简单地从坠崖不坠崖来选头领。其实，胜败之间并无本质界限，也可相互转化，对胜者与败者本身的能力素质需要客观辩证地分析判定，不能简单定性，仅凭表面结果来选人用人。

用人要重"跌倒爬起"的经历。按理说，能够成功翻山，且不摔跤不受伤的鹿值得看重，但这样的鹿并没有成为头领，而那些跌倒后坚持站起来，最终追上队伍的伤鹿却会受到鹿群的敬重。品味圆斑鹿选择头鹿的智慧，应该不难悟出这样的道理：亲历失败是一种宝贵的经验，重用从失败中站起来的人，多用从逆境中奋起的人应成为选人用人的重要法则。

这是因为"跌倒爬起"是最具竞争力的实践素质，"跌倒爬起"无疑积聚了实打实、硬碰硬的实践经验，在相同的情况条件下，具有更快的适应力、更强的应变力，往往能掌握先机，规避风险，更易达成目的。"跌倒爬起"也是最具发展力的领导素质，"跌倒爬起"不仅是人格强大的表现，也是潜在能力的释放，而这些都是领导的必备素质。"跌倒爬起"还是最具亲和力的群众素质。因为跌倒，并非高不可攀的强者，却与普通群众有着相似的实践体验；因为爬起，为普通群众提供了可借鉴的经验，由此更有利于团结群众、凝聚群众。

那双大眼睛

人的一生中，总会有那么一瞬间让人特别难忘：一句话、一声问候、一个表情……对于我，便是那刹那的眼神。眼神里诉说的是曾经的故事，传递的是真挚的情感，已成为生命里不可或缺的一部分，让我成长，也让我更懂得珍惜。

那年，正值征兵季节，为了提高大学生应征兵员的比例，我也非常重视，和部里的同事们一起到N学院给新生进行征兵宣传，也应邀为学生们上一堂国防教育课。因为之前给技师学院上过一堂课，我对学生的国防观念有了一些了解。在此基础上我再次认真做了准备，精心制作了课件，特别是开头的一段视频，是结合征兵特地剪辑制作的仪仗队行进片段，以及本地籍入伍士兵的采访场面，很能体现军人威武阳刚的气质，可以激发起学生从军报国的热情，所以我对这一课也很期待。

安排的这堂国防教育课是新生军训期间的一个晚上。当我到了学院礼堂，一进大厅，学生们早已落座，黑压压的一片，人员不在少数。这对于经常面对千百名官兵讲课作报告的我，并不新鲜，也并不怯场。只是没想到的是，讲台并不是有桌椅台面的，是站立的那种发言席，这对于准备讲两个小时的我似乎有点意外，但我也只能坦然接受了。于是在学生们的目光下，我才开始把课件导入他们的电脑。正当我满怀信心作了开场白开始播放视频时，意外发生了——视频播放不出来！

这时两位穿着迷彩服的"女生"在台前帮我张罗，因为播放不出来，她们一边安抚着会场的同学，一边招呼一个调试幻灯片的小伙子，他急急忙忙地跑上台，反复设置调试了几次也没能调试好。

当下的我内心有些不悦，因为我是提前把课件传给他们，并交代要调试播放、装好字库等细节，现在的场面是有些冷场和尴尬。于是没好气地对她们两位说："难道你们没有提前准备和调试吗？"其中一位瞪着大大的眼睛望了我一眼，眼神中我感受到她的紧张和怯意。看得出来，她是今晚上课的主持人，自然，我严厉的目光也是投给她的。习惯了部队中严谨细致的我，认为播放卡壳这样的问题，算是工作不细致，准备不充分，是肯定会挨领导批评，留下负面印象的。

正当我遗憾少了一段精彩视频时，视频竟然又捣鼓好了！在台下众多学生的注视下，我又重新开始讲课。不过，这一意外小插曲，并没有影响我的讲课情绪，开头的精彩视频也瞬间让学生们安静下来。随后，我侃侃而谈，讲史道今，也表达出对当前国防教育的忧与盼，向在场的大学生们发出从军报国的动员邀约。

课后我才知道，这两位迷彩"女生"并不是女学生，而是学院的两位年轻女教师，让我有些惊讶的是，穿上了迷彩服的她们竟然那么年轻，看起来和学生无异。事后，我回想起上课的过程，莫名对那双大眼睛印象深刻，既有些好笑又有些不安，心想是不是对两位迷彩女教师态度有些不好啊。在部队，似乎总是和紧张、严肃、批评和不苟言笑做伴，我也习惯板着脸，给人以严肃难以接近之感。心想该和她们表示一下歉意，毕竟大学不是部队，她们也不是士兵。

于是就问马干事要了两位女老师的微信。我不知道她们谁是谁，也没好意思问，我对她们说以为她们是学生，也表达了歉意。值得一提的是，我也是凭着感觉猜测谁是大眼睛老师，心想应该就是她吧，果然猜得是对的。

这件事已成为我一回想就会淡然一笑的记忆，也教我说话做事更加严谨，固然校方是要准备，但其实更要准备的是自己，为什么自己不提前问一下学生什么时候入场，赶在入场前去调试呢？这种严人不严己的做法自然是不可取的。如此看来，是自己谋事不深、不细的后果。再者，管理教育要分清环境和对象，不能把学校与军营混为一谈，把学生和战士同等对待，干事创业或是为人处世何尝不是如此，需要因人而异，因时而变，切不可把自己并不客观的思维定式、职业眼光、感情色彩和个人偏好带入新的工作场景。

这也是那双大眼睛让我难以忘怀的原因吧。

绝顶要聪明

拥有健康浓密的头发是每个人的愿望，而头发稀少、未老谢顶是尴尬的，不可避免地伴有苦恼和自卑，因为这可能是形象上的一个硬伤，被认为是难以弥补的生理缺陷。或许会成为他人玩笑的由头，甚至给求职、求偶带来困难，但伤逝年华、哀叹青春、抱怨父母却并不是正确的心态。

谢发绝顶者不在少数，有遗传的主因，也有精神负荷紧绷、工作压力大、生活节奏加快的缘故。但谢发绝顶并不意味着卑微和无知，也并不等同于缺少理想和追求。"绝顶"的列宁散发着革命的希望和光芒，少发的普京透露着坚毅和果敢，谢发的钱学森有研发"两弹一星"的聪慧和壮举……其实也不必以这些伟人的例子自我安慰，要知道这世上更多的普通人、平凡人同样拥有不平凡的人生。

不必要去刻意掩饰、弥补，自然本身就是一种朴素的美。完全可以这样认为，失去装点的各类发型，也节省了自己的时间；难以跻身以形象交际的公众舞台，也激发了长人一处的动力；可能无缘特殊的工作机遇，也赐予了对事业的专注。如果光亮的额头代表着灵动、智慧和思想，又何尝不是一种自豪？

只是须知，聪明不一定要绝顶，但绝顶却要聪明。少去的是青丝，增添的并不是烦恼，而是智慧；掉落的是头发，拾起的并不是哀伤，而是自信；失去的是年轻，拥有的并不是衰老，而是成熟。

生活偏爱微笑的人

有句话说得好，笑着面对生活的人，生活也会给予偏爱。笑，不仅仅是一种态度和表情，更是一种境界和力量。当我们经历成长的烦恼、前进的坎坷、意外的伤害，被生活反复考验时，灿烂而不认输的微笑会是你改变命运的通行证。恰如诗人泰戈尔所说："当人微笑时，世界爱了他；当他大笑时，世界便怕了他。"

有一个小女孩每天都从家里走路去上学。一天，出门不久就下起大雨，紧接着就电闪雷鸣。小女孩的母亲担心女儿会被雷声吓着，甚至被雷击到，于是便沿着上学的路线去找小女孩，结果竟看到女儿淋着雨从容地走在街上，每次闪电时，她都停下脚步，抬头往上看并露出微笑。母亲好奇又担忧地叫住她的孩子，问她说："你在做什么？"小女孩回答说："上帝刚才帮我照相，所以我要笑啊！"

法国著名雕塑艺术家奥古斯特·罗丹说过："世界上并不缺少美，只是缺少发现美的眼睛。"同样可以这样说，这世界不缺少快乐，而是缺少发现快乐的心态。工作生活中，我们往往将视线聚焦在事物的弊端和危害上，而缺乏像小女孩一样对其积极、有益一面的想象与挖掘，从而容易沉浸在质疑、否定甚至敌视自我的心态中，难以拥有乐观豁达的心境。

人生不如意十之八九，失意、痛苦、挫折总会与我们不期而遇，甚至让你喘不过气来，这更需要保持一份淡定和从容，与生活和解。换个角度看，乐观的心绪能让内心变得强大，问题也会迎刃而解。生活的苦乐在于我们的心境，乐观的态度总能给予人向上的力量。当我们总是让积极的想法占据上风，我们的理想也会更进一步。

留了5次级，打架被记过，外号叫做"黄逃学"，12岁在国难战乱中离家流浪整整8年……在100年的人生道路上，黄永玉先生经历了种种磨难，但"很可爱、很和善、很顽皮"的他始终以乐观的心态看待人生中的种种不如意，总是"在时代阴影里晒阳光"。他50岁考驾照，60岁画猴票，83岁登上时尚杂志封面，91岁和一代女神林青霞成为忘年之交，93岁开着法拉利玩漂移，99岁他画了一只蓝兔子作为贺岁邮票，从来不给自己的人生设限。他在散文集《沿着塞纳河到翡冷翠》中说："我这一辈子活了快100岁，运气都是路边捡来的，逢凶化吉，老实人和狡猾人都难以相信。"黄永玉率真又诙谐的言语背后，显示着他阅尽世事的睿智与清醒。他说："人只要笑，就没有输！"

爱因斯坦曾说："真正的笑，就是对生活乐观，对工作快乐，对事业兴奋。"生活不会一路阳光，也不会黑暗无边，需要不以物喜，不以己悲，也需要向阳而生、逐光而行。因为，唯有笑对人生，才不负岁月深情，不让梦想流俗，才能更深刻地品味漫长的人生。

莫竖 "成功牌坊"

中国古代封建社会中，有竖立"忠孝牌坊""贞节牌坊"以表彰忠臣、烈女、孝子，也为当时世人所尊崇。现实生活中，成功学、励志书随处可见，很多人内心深处其实竖有一块"成功牌坊"，习惯于把功名利禄看得太重，还作为毕生追求，赌上脸面尊严，身陷其中不可自拔，甚至不惜代价，不择手段，没有了做人的底线。在我们身边也能找到这样的例子，有的人通过职位升迁来光宗耀祖，有的把名次荣誉当成价值标榜，有的将优厚待遇作为终极目标，有的把荣华富贵当成人生追求，哪怕是心有余而力不足，或充满羡慕，或充满躁动，幻想能有一天飞黄腾达、出人头地，等等，这些既值得反思也令人忧虑。

当我们重温"天下熙熙皆为利来，天下攘攘皆为利往"这句经典名言时，不由感叹它道破了古往今来不变的生存法则。应该看到，我们所羡慕的成功人士的光环背后，付出的不仅是汗水和艰辛，更多的是牺牲和代价，有的付出健康，有的付出快乐，可谓得不偿失。身居高位的领导，多少政务缠身；风光无限为人景仰的运动员争金夺银的背后，其实也是以累累伤痕作为代价的；而那些身家上亿的商界精英，在他们一掷千金的潇洒背后也埋藏着多少赔笑应酬、艰辛坎坷的经历……

　　当然，我们并不是打击或否定一个人为事业拼搏奋斗，倡导消极工作固守一份平庸，而是告诉人们，做一个普通人未尝不可，不要把所谓的成功看得太重，刻意追求一份生不带来、死不带去的名利虚荣。在这个快节奏的时代，过度追求"成功牌坊"，有可能会引你走上歧途，徒增无尽的烦恼；也不要为自己、为亲人不够优秀，比不上他人而数落埋怨，只要不消沉、不颓废、不堕落、不放弃努力，平凡一点没有什么不好。

　　托尔斯泰曾言：欲望越小，人生就越幸福。人生的苦恼，往往不在于拥有得太少，而在于期待得到的太多。一个人，如果只把目光聚焦到权力地位、利益财富上，就会徒增无尽的烦恼和愁苦。

　　不妨让我们看看这样一些人，感悟他们对成功的理解。不愿为五斗米折腰，上任彭泽县令八十余日就解印挂职踏上归隐田园之路的陶渊明，没有追求什么高官厚禄，而是在"采菊东篱下，悠然见南山"的淡泊生活中留下自己光辉的一笔。

　　荷兰后印象派画家梵高是个天才画家，创作了一批伟大的作品，但生前没人赏识，居然连一幅画都没有卖掉，过着饥寒交迫的生活。而去世后他被奉为表现主义的先驱，他的画作深深影响了20世纪的艺术界，其作品《星夜》《向日葵》等已跻身全球最著名、最昂贵的艺术作品行列。梵高生前没有拥有灿烂的光环，但却拥有对艺术的满腔热情和精神富足的享受。

　　当代雷锋郭明义，20多年来积极参加无偿献血，累计献血6万多毫升，相当于自身全部血量的10倍。他生活艰辛，春夏秋冬皆是一身劳动服；家是一处陈旧陋室，尚不足40平方米，水泥地、白灰墙，女儿的"闺房"只能安在门厅，但他却是一个内心温暖、被快乐幸福围绕的人。

华盛顿法拉格特广场的一个以卖卷饼为生的美国小贩因心肌梗死猝死。这位小贩名叫卡尔洛斯，生前无职无权，不富不贵，但却受到许多人自发的悼念。不仅如此，卡尔洛斯离世后还享受到"名人"般的待遇，《华盛顿邮报》在头版刊登了他的讣闻与故事。这是因为，20年如一日，人们光顾他的卷饼摊，得到的不只是美味的红豆卷饼、热气腾腾的咖啡，还有他发自内心的祝福；他记住了数百位常客的喜好，服务好每一个人。他是平凡的，但他对每一个人来说却是独特的。

人的一生中，无论是战场、商场、职场还是情场，都会面临成败得失、是非荣辱的评判，这就需要我们保持一份坦然和淡定。一个人，内心深处一旦竖起了"成功牌坊"，就容易出现盲目求胜的心态，一味强调成功和获取，有时就会拿自己的光阴、生命和幸福作赌注。人不可能都走向成功，高官、大款、明星毕竟是少数，成功并不等于幸福，人最重要的不仅仅只有成功，还在于能活得是否有意义，内心是否充实，只要认真努力，专注做好自己的事，平凡也不失为一种好的选择。

"成功牌坊"的弊害是潜在的，不妨走出"成功是唯一目标"的成长误区。对待荣誉功名，要积极争取但不刻意强求；对待岗位竞争，要一争高下但要立足实情；对待工作事业，要有所作为但不徒留虚名。人是需要一点精神的，也是需要有点追求的，但切忌名利心太重，盲目追求，有时不必在意一时的胜负和得失。人生路上，快乐成长比收获成功更重要，心淡泊了，才能走得更远。

第二辑

静心自渡更从容

鲁迅的另一面

被誉为"民族魂"的鲁迅，也被称为20世纪亚洲文化地图上占据最大版图的作家。谈及鲁迅，我们脑海中会浮现冷峻孤傲、爱憎分明、愤世嫉俗的形象；看鲁迅的作品，则会想到"标枪"和"匕首"，铁骨铮铮，没有奴颜和媚骨；回顾鲁迅一生，又常常想到"横眉冷对千夫指，俯首甘为孺子牛"的自白。其实，鲁迅也拥有一个有趣的灵魂。夏衍就这样说："鲁迅幽默得要命。"陈丹青曾评价鲁迅："就文学论，就人物论，他是百年来中国第一好玩的人。"鲁迅的长孙周令飞也说，鲁迅跟我们课本里面看到的那种非常严厉，眉头紧锁，特别可怕的感觉完全不一样。他是非常慈祥幽默的人。

1921年12月4日，鲁迅以"巴人"为笔名在《晨报副镌》上连载《阿Q正传》时，作家叶永蓁问鲁迅："先生创作的《阿Q正传》中的阿Q，为何要取一个外国人的名字呢？"鲁迅挑一挑他那两撇坚硬的小胡子说："阿Q那个光头脑袋后留一条小辫子，这个'Q'字不正是他的滑稽形象吗？"叶永蓁听完后恍然大悟，不禁哈哈大笑起来。其实，鲁迅以擅长给人起绰号调侃著称。有人在小说中以金心异这个人物影射钱玄同，鲁迅给他去信时，便以"心异兄"相称。鲁迅还在给周作人的信中戏称钱玄同为"爬翁"。因为，当年鲁迅与钱玄同在日本留学时，每每大家一起聊天，钱玄同不但善谈，而且喜欢在席上爬来爬去，鲁迅便给他起了个绰号叫"爬来爬去"。常被鲁迅调侃的还有同乡、《语丝》的撰稿人之一章廷谦，由于他留了一个很酷的学生头，鲁迅便亲切地称他为"一撮毛哥哥"。

广州的一些进步青年创办的"南中国"文学社，希望鲁迅给他们的创刊号撰稿。鲁迅说："文章还是你们自己先写好，我以后再写，免得人说鲁迅来到广州就找青年来为自己捧场了。"青年们说："我们都是穷学生，如果刊物第一期销路不好，就不一定有力量出第二期了。"鲁迅风趣而又严肃地说："要刊物销路好也很容易，你们可以写文章骂我，骂我的刊物也是销路好的。"

鲁迅曾从上海回到北平看望生病的母亲，其间北京师范大学请他去讲演，题目是"文学与武力"。消息一出，便遭到一些人的攻击。有的同学已在报上看到不少攻击他的文章，很为他不平。对此，鲁迅并不气恼，还在讲演中说道："有人说我这次到北平，是来抢饭碗的，是'卷土重来'；但是请放心，我马上要'卷土重去'了。"一席话引得会场上充满了笑声。

在1925年7月16日鲁迅给许广平的信中，有这么一则趣事。还是学生的许广平写了一篇自认为还不错的论文，题为"罗素的话"，文中引用了大量罗素的名言，满心欢喜地交给鲁迅审阅。鲁迅看后写下了一句评语："拟给九十分，其中给你五分（抄工三分，末尾几句议论二分），其余的八十五分给罗素。"许广平看到鲁迅的评语后哭笑不得，只得认认真真地再作修改。

1934年，国民党北平市长袁良下令禁止男女同学同泳。鲁迅看不惯，说："同学同泳，偶尔皮肉相触，有碍男女大防。不过禁止以后，男女还是同吸着天地间的空气。空气从这个男人的鼻孔呼出来，被那个女人的鼻孔吸进去，又从那个女人的鼻孔呼出来，被另一个男人的鼻孔吸进去，简直淆乱乾坤。还不如下一道命令，规定男女老幼诸色人等，一律戴上防毒面具，既禁空气流通，又防抛头露面！"说着还模拟戴着防毒面具走路状。听讲的人笑得前仰后合。

鲁迅毫无疑问是中国 20 世纪最有代表性的作家，他揭露社会的黑暗腐朽，批判国民劣根性的同时，也夹杂着他笑看是非美丑、坚守人间正道的幽默。而这种深刻的幽默，并非茶余饭后的谈资笑料，而是令人笑过之后的反思和觉醒，反映为一种政治担当和社会责任。正如鲁迅所说的：现在又实在是难以幽默的时候。于是虽幽默也就免不了改变样子了，非倾于对社会的讽刺，即堕入传统的"说笑话"和"讨便宜"。

内心强大的季羡林

2006 年 5 月 14 日，北京大学举行"庆祝东方学学科建立六十周年、季羡林教授执教六十周年暨九十五华诞"大会。然而，季羡林却没有出席会议。第二天，有人向他说起这次会议的盛况，他非常惊讶："我就是一个普通的教授，搞这么大的场合干什么？小题大做，不值得。"

由于在学术上的杰出成就和重大贡献，外界对季羡林给予高度评价，但他却撰文三辞桂冠:国学大师、学界泰斗、国宝。2007 年，季羡林借《病榻杂记》出版，厘清了什么叫国学、什么叫泰斗，并向天下人昭告:"请从我头顶上把'国学大师''学界（术）泰斗''国宝'三项桂冠摘下，洗掉泡沫，还我一个自由自在身。"学识渊博的季羡林，却拥有一个归于平静的内心:"纵浪大化中，不喜亦不惧;应尽便须尽，无复独多虑。"

弘一法师在《格言别录》中说:"涵容是待人第一法，恬淡是养心第一法。"季羡林之所以能以"不喜亦不惧"的平常豁达之心对待一切，缘于他内心强大，拥有宠辱不惊的境界。

老舍：幽默是一种心态

中国现代小说家、著名作家老舍，是中华人民共和国第一位获得"人民艺术家"称号的作家。老舍的作品风格独特，语言风趣活泼，生活中的他也非常诙谐幽默。老舍用平民化的幽默唤醒了一代又一代人，也使他成为一个艺术巨匠和语言大师。

老舍先生性情朴实无华，却喜欢让幽默大行其道，他常常"借题发挥"，插科打诨，让生活充满了喜感和情趣。1930年5月，老舍辞去英国伦敦大学东方学院中文讲师一职返回北京，暂时借住在朋友白涤洲教授的家。北京当时很有影响的文艺团体——"笑社"获悉后，当即委派作家陈逸飞登门造访，正巧老舍正在午睡，陈逸飞不忍打扰，就留下一信，希望老舍能担当"笑王"一角。第二天，陈逸飞就收到老舍的回信——"辞王启"，其中写道："……您封我为'笑王'，真是不敢当！依中国逻辑，王必有妃，王必有府，王必有八人大轿，而我无妃无府无轿，其'不王'也明矣。我星期三上午在家，您如愿来，请来；如不方便，改日我到您那儿去请安，敬祝笑安！弟舒舍予鞠躬。"陈逸飞看后忍俊不禁，为其幽默的拒绝艺术所折服。

抗战期间，北新书局《青年界》杂志编辑赵景深给老舍写了约稿信，只见信纸上只写了一个大大的"赵"字，而且"赵"字还被一个大圆圈围了起来。老舍一看就明白了："赵某被围，要我快发救兵。"他在寄去稿件的同时，幽默地又附了一封带戏曲味的答催稿信："元帅发来紧急令：内无粮草外无兵！小将提枪上了马，《青年界》上走一程，吙，马来！参见元帅。带来多少人马？两千来个字！还都是老弱残兵！后帐休息！得令！正是：旌旗明明，杀气满山头！"

著名作家王蒙说过，幽默也是一种执拗，一种偏偏要把窗户纸捅破，放进阳光和空气的情感。老舍的幽默绝不是油腔滑调，亦非玩世不恭，只追求表面的笑料，而是他不甘在平淡无奇的世俗生活行走，始终有着照耀文化阳光的冲动和执拗，去营造精神愉悦的交流氛围，表达更真挚的思想情感，让幽默成为心灵的阳光。或许老舍的幽默告诉我们：把你的脸迎向阳光，那就不会有阴影。

1939年2月3日，是老舍先生的40岁生日。这天，有家报社向他约稿，请他写一则自传。老舍痛快地答应了，并于当天将写好的自传寄了过去："舒舍予，字老舍，现年四十岁，面黄无须。生于北平，三岁失怙，可谓无父；志学之年，帝王不存，可谓无君。无父无君，特别孝爱老母，布尔乔亚之仁未能一扫空也。幼读三百篇（注：《三字经》《百家姓》《千字文》），不求甚解。继学师范，遂奠教书匠之基。及壮，糊口四方，教书为业，甚难发财；每购奖券，以得末彩为荣，示甘于寒贱也。二十七岁，发愤著书，科学哲学无所懂，故写小说，博大家一笑，没什么了不得。三十四岁结婚，今已有一女一男，均狡猾可喜。闲时喜养花，不得其法，每每有叶无花，亦不忍弃。书无所不读，全无所获，并不着急。教书做事，均甚认真，往往吃亏，亦不后悔，如此而已。再活四十年，也许能有点出息！"

老舍说："幽默是一种心态，所谓幽默的心态就是一视同仁的好笑的心态。"一番幽默自白，充满对人生境遇的调侃和对素凡生活的乐观。老舍意欲传递和表达的是，生活一半烟火，也需一半清欢；人生一半清醒，更应有一半释然。这也启示居沧海尘埃、食人间烟火的我们，面对悲欢交织的人生，不妨坚守豁达淡泊的心境，保持一份自信从容，与生活和解。

作家楼适夷有次去看望老舍。"最近写些什么？"楼适夷问道。老舍笑着说："我正在当'奴才'，给我们的'皇帝'润色稿子呢！"楼不解其意，走近书桌一瞧才明白，随即一阵大笑，原来老舍正接受一项新任务——为末代皇帝溥仪修改他的自传《我的前半生》。

如钱锺书所言，"一个真有幽默的人别有会心，欣然独笑，冷然微笑，替沉闷的人生透一口气。"而如林语堂所言"最上乘的幽默，自然是表示'心灵的光辉与智慧的丰富'。"老舍先生以他抚慰心灵的幽默，感染了无数人，不仅让自己在世间百态中获得一丝快慰，也给他人带去了温润与信心。

金岳霖：逻辑很好玩

谈及金岳霖，人们首先想到的是他对才女林徽因绅士般的感情。其实，他在哲学领域的成就很高。金岳霖是最早将逻辑哲学带到中国的学者，并著有《逻辑》《论道》和《知识论》，建立了自己的哲学体系。哲学家张申府曾说："在中国哲学界，以金岳霖先生为第一人。"

金岳霖之所以对逻辑情有独钟，源于一桩往事。有一次，巴金之妻萧珊问金岳霖："您为什么要搞逻辑？"逻辑课的前一半讲三段论，大前提、小前提、结论、周延、不周延、归纳、演绎……还比较有意思。后半部全是符号，简直像高等数学。金岳霖回答："我觉得它很好玩。""很好玩"，这句调笑的幽默回答，表现出金岳霖对逻辑学的偏爱。

冯友兰这么评价金岳霖："金先生还有一种天赋的逻辑感。"之所以这么说，是因为16岁就考入清华的金岳霖，十几岁时就对中国一句俗语"金钱如粪土，朋友值千金"发出质疑。他认为这句俗语是有问题的："如果这两句话作为前提，得出的逻辑结果应该是'朋友如粪土'。"这和这个俗语的本意正相反。

在西南联大时，金岳霖有个学生叫林国达，是位华侨。他喜欢提一些古怪的问题。有一次他问了一个逻辑上不错而意思却不对的话，请金岳霖解释。金岳霖想了一想，反问道："我问你一个问题：'Mr. 林国达 is perpenticular to the blackboard（林国达君垂直于黑板），这是什么意思？"一下子把学生问傻了。因为这句话逻辑上没有什么错误，但林国达却不能垂直于黑板。

培根说过："伦理学使人庄重，逻辑修辞使人善辩，凡有所学，皆成性格。"逻辑作为思维的规律，却并不能回应现实的悖论。金岳霖巧妙地以其人之道还治其人之身，以谬治谬，以悖答悖，从侧面道出了逻辑之意、逻辑之美。

金岳霖认为，逻辑的实质就是必然。无论必然的形式如何，一必然命题总是普遍的。抓住必然这个逻辑工具，就可以发现客观存在的秘密。抗日战争中，日本军队经常轰炸西南联大所在地昆明，人们便常常要跑警报。受金岳霖的逻辑影响，他教的一位研究生便预先作了一番逻辑推理：跑警报时，人们便会把最值钱的东西带在身边；而当时最方便携带又最值钱的要算金子了。那么，有人带金子，就会有人丢金子；有人丢金子，就会有人捡到金子；我是人，所以我可以捡到金子。根据这个逻辑推理，在每次空袭警报结束后，那个学生就会到人跑得多的地方四处搜索，果然捡到了金子。

在金岳霖看来，"没有逻辑，认识就不能发展"。在他内心深处，哲学和逻辑可以质疑但不容否定。胡适早年曾写过一篇《中国哲学史大纲》的论文，其思想核心是：哲学是一门幼稚的科学，是一门没有成熟的，还没有好的科学。一次，在一年一度的哲学会议上，胡适征求金岳霖对论文的意见，金岳霖说："很好，很好。"胡适当时很高兴。跟着金岳霖又补充一句："可是你少说了一句话，你没有说你是一个哲学的外行。"胡适一时语塞。

1950年，艾思奇到清华大学演讲，批判形式逻辑，说形式逻辑是形而上学。艾思奇讲完之后金岳霖带头鼓掌，接着他说："艾先生讲得好，因为他的话句句都符合形式逻辑。"

"没有逻辑，生活就会变得十分沉重。""正是逻辑能够使我们最容易地生活。"金岳霖如是说。著名作家王安忆也说，逻辑自有其形象感，就看你如何认识和呈现。正因为深刻体验到逻辑的现实力量和形象存在，所以他不遗余力地维护哲学与逻辑的地位和价值。如今，1990年设立的金岳霖学术奖，已成为我国逻辑学研究的最高学术奖项，也是中国学界享有盛誉的学术奖项之一。

丰子恺：静心自渡更从容

提起民国时期的文化大师、艺术巨匠，丰子恺是一个无法忽略的名字。他被誉为"现代中国最艺术的艺术家""中国现代漫画的鼻祖"，他充满童真的漫画和乐观豁达的性情一直以来为人称道，润泽人心。

丰子恺有句话很是治愈："不是世界选择了你，是你选择了这个世界。既然无处可躲，不如傻乐。既然无处可逃，不如喜悦。既然没有净土，不如静心。既然没有如愿，不如释然。"这种随遇而安、不惧苦难的心境，教人学会接纳和适应自己所处的环境，与生存的不如意妥协，与苛求的自己和解，心平气和地活出真实的自己。

即使是在艰苦的生活中，丰子恺也能保持乐观。丰子恺在《口中剿匪记》中写道："把我的十七颗牙齿，比方一群匪，再像没有了。不过这匪不是普通的所谓'匪'，而是官匪……它们虽然向我作祟，而我非但不通缉它们，严防它们，反而袒护它们……"几乎每个人，都有过被牙疼折磨的经历。在他的笔下，这种经历却是别有一番情趣。他把牙齿比作"一群匪"，幽默风趣，妙不可言。甚至在他的一幅自画像中，他把自己的胡子画成了垂柳，让人看起来饶有趣味。

70多岁的时候，丰子恺被下放去郊外劳动，生活异常艰苦。他常常只能把一些稻草铺在地上作床垫，仰头睡觉。夏天的时候，蚊虫飞蛾不少；冬天的时候，雪花落在身边……睡醒的时候，他还要走去河边捧水洗脸……这样的艰辛被这位有童心的老人描述成这样：地当床，天当被，还有一河滨洗脸水，取之不尽，用之不竭，是造物者无尽藏也。

我们也许都会有这样的感受，随着工作和生活节奏越来越快，我们会不经意地被时代的脚步裹挟，承载的压力也与日俱增，饱尝了社会强加的沧桑磨难，留下更多的是困惑和焦虑，还有许多无处诉说的烦忧与苦痛。从丰子恺身上，是否也可以找到一把开解的钥匙呢？

也许你会感慨人生苦短，事无所成；也会不甘自身处境，抱怨命运不济，待遇不公；更有面对世态炎凉、人心叵测的消极无奈。而拥有童心、保持率真则是丰子恺自我救赎的良方。因为他认为："在孩童的眼中，这个只生欢喜不生愁的世界，便是世界的本相。这个世界不是有钱人的世界，也不是无钱人的世界，它是有心人的世界。你若爱，生活哪里都是爱。"作家安·兰德在《源泉》里写过一句话："像个大人一样生存，像个孩子一样生活。"一个人，如果始终存有一颗质朴无争的平常心，一颗纯净明亮的孩提心，无论何时都坚持自己的热爱，那么生活也会给予你回馈。

人这一生，生活总是充满着不确定性，不如意之事十之八九，没有人可以一帆风顺，这也让不少人对一些不顺牢骚满腹、心存芥蒂。丰子恺说："心小了，所有的小事就大了。心大了，所有的大事都小了。"他的一生跌宕起伏，然而无论境遇如何，始终波澜不惊，以"不宠无惊过一生"。正如一句话所说：生活不会像你想象的那么好，但也不会像你想象的那么糟糕。完全在于我们的内心能有多宽容。懂得生活真正滋味的人，才是内心强大的人。因为，心中若有桃花源，何处不是水云间。心是人的灯，心暗则世界暗；心若光明，世界便光明。

杨绛先生说过，人是为了什么而活？人生的价值又在哪里？无从回答。我只知道，既来之，则安之；命运弄人，就要懂得怎么应对。而丰子恺是这样应对的："不乱于心，不困于情，不畏将来，不念过往，如此，安好。……无愧于天，无愧于地，无怍于人，无惧于鬼，这样，人生！"

陈寅恪的"性命之托"

1964 年，病榻之上的陈寅恪已经预感到自己来日无多，唯一放心不下的就是那些倾注了一生心血但一直未整理出版的著作。当年，自己的好友王国维投湖自沉前曾写下遗书将生前书籍托自己处理。如今，自己又能托付于谁呢？

陈寅恪首先想到的是蒋天枢。蒋天枢，字秉南，是陈寅恪先生早年执教清华国学研究院时的学生。1949 年以后，十余年间师生二人只见过两次面。这十余年间，陈寅恪目睹和经历了太多昔日亲密无间的师友亲朋一夜之间反目为仇的事例，但他信赖晚年只有两面之缘的蒋天枢。

缘何信赖蒋天枢？因为蒋天枢尊师已经到了一种近乎偏执的地步。哪怕对自己入学前就已去世的王国维也严执弟子礼，同行或学生谈论王国维，也会引起他的侧目。在他看来，说"王国维先生"已经大不敬了，更何况直呼其名；而他始终恪守旧例，开口闭口"静安先生"。

对于恩师陈寅恪更是如此。1958 年，蒋天枢在其《履历表》"主要社会关系"一栏中写道："陈寅恪，69 岁，师生关系，无党派。生平最敬重之师长，常通信问业。此外，无重大社会关系，朋友很少,多久不通信。"在当年,蒋天枢在这种只会给自己带来麻烦的"社会关系"中,丝毫不掩饰对陈寅恪先生的敬重之情。蒋天枢如此尊师重道,忠诚执义,不免为陈寅恪所倚重。

1964年陈寅恪先生75岁生日那天,蒋天枢专程赴广州为老师祝寿。病榻上陈寅恪将自己的著作全权交给蒋天枢整理出版。当时,已目盲的陈寅恪与他谈话,蒋天枢就一直毕恭毕敬地站在老师床边听着,几个钟头始终没有坐下,而他当时也已年过花甲。

陈寅恪显然对其甚为珍视的著述终得可托之人感到欣慰,因此特意在蒋天枢辞行前赋诗三首、撰序一篇为赠。即著名的《赠蒋秉南序》,其中诗云:"音候殷勤念及门,远来问疾感相存。""拟就罪言盈百万,藏山付托不须辞。"

如果说陈寅恪是中国文化的托命人,那么蒋天枢则是陈寅恪的托命人。对于老师的这一"性命之托",蒋天枢感受到沉甸甸的责任。正如其接受采访时曾说过:"编辑出版陈先生的文集,不仅是从师生之谊、身后之托考虑的。老师的学术成就,是一笔优秀的文化遗产,不能让其自生自灭。"

1968年8月,蒋天枢因患大病住进长海医院。1969年10月7日,陈寅恪在病痛之中离世,尽快整理出版《陈寅恪文集》,遂成为蒋天枢的一块心病。1973年,年过古稀大病初愈的蒋天枢,拖着病体开始搜集整理陈寅恪遗著。当时家人考虑到他的身体健康及外界形势,劝他暂时不要做此事,蒋天枢执意不从。

可贵的是,蒋天枢甘做嫁衣、无私为人的品质令人感叹。早在陈寅恪撰写《柳如是别传》的过程中,蒋天枢就为其抄录资料,更是对抄录的资料做了不少的考证工作。至20世纪70年代末,蒋天枢在整理一本有残缺的陈寅恪诗稿时,诗稿经过"文化大革命",收集未全,亦多毁损。他找到了钱锺书,请钱锺书帮助校订补缺。

钱锺书非常重视，每补一字，都反复斟酌，力求保其本真。同一时期，蒋天枢还请钱为自撰的《陈寅恪先生编年事辑》"指正阙失"。

蒋天枢没有辜负老师陈寅恪的重托。他集十余年之功，全力校订编辑陈寅恪遗稿，终于在1981年出版了300余万言的《陈寅恪文集》，编撰出版了《陈寅恪先生编年事辑》，公垂学林。而这位近耄耋之年的复旦大学教授，却拒绝在成集后的书上署名，他本人许多著作在"文化大革命"时也被抄走，自己的文稿则一篇都没来得及整理。

20世纪70年代，上海古籍出版社要蒋天枢帮忙编纂陈寅恪的文选，事后给了蒋天枢1000多元作为稿费。当时蒋天枢先生在学校的工资是200元一个月。1000多元相当于近半年的收入。对于这笔当时已是巨额的稿费，蒋天枢分文未收，全部退还。理由是：学生替老师编书，怎能收钱呢？到了20世纪80年代，陈寅恪重为世人所热捧而"走红"，很多人出来自称是陈先生的弟子，蒋天枢却从来没有说过一句话，也从来没有借陈寅恪以自彰。在生命的最后几年里，他依然致力于陈寅恪先生读书札记的整理工作，关心着陈寅恪先生逸诗的搜集，希望《寒柳堂记梦稿》的全稿有朝一日能隐而复现。

"擦皮鞋者"刘文典

被称为"民国狂狷"的刘文典学识渊博，学贯中西，通晓英、德、日多国文字，历任北京大学教授、省立安徽大学校长、清华大学国文系主任，是现代杰出的国学文史大师。刘文典尽管给人以放浪形骸、狂傲不羁的怪杰形象，但实际上"性滑稽，善谈笑"，有着幽默和自谑的一面，与道貌岸然者有别，以至于"学生们就敢于跟他开点善意的玩笑"。

刘文典治学严谨，是校勘学大师和研究庄子的专家。1939年，他出版了10卷本的《庄子补正》一书。陈寅恪为之作序，称其"匡当世之学风，示人以准则"，这也奠定了他在国学界独一无二的地位。刘文典也据此恃才傲物，曾自诩："古今真懂《庄子》者，两个半人而已。第一个是庄子本人，第二个是我刘文典，其余半个……"抗日战争时期，刘文典在西南联大任教时，突遇日本飞机空袭，师生四处躲避。刘文典一边跑，看见沈从文也在跑，于是乎对沈从文呵斥打趣道："陈寅恪跑是为了保存国粹，我跑是为了保存庄子，你跟着跑什么？"

现实生活中，刘文典潜心学术，于家务俗事一无所能，既清贫又乏生财之道，往往等到无米下锅才发觉囊中羞涩，不得不向好友求助。李鸿章之孙李广平与刘文典素为故交，刘文典每逢断炊便手书一纸条，写上四个字："刷锅以待"，让人送于李广平。李广平见字后哑然失笑，知道刘文典"难以为炊"，便慷慨送钱救急。

有句话说得好，如若心有阳光，何惧岁月荒凉？刘文典的幽默也如一抹自我温暖的阳光，调侃笑骂不忘追求，清贫落魄不失气节，透露出一心做学问、不问世间事的清高脱俗，也流淌着笑对苦难、戏说人生的乐观豁达。

西南联大时，刘文典的学生李埏在向他借的一本《唐三藏法师传》的书页中，发现了一张老师用毛笔画的老鼠，遂要求老师解释。刘文典听后大笑不已，说自己在乡下看书时点香油灯，灯芯上的油会滴在灯盘上。一天深夜他在灯下看书时，见有老鼠爬到灯盘上明目张胆地吃起了盘子上的油。他本想打死它，但转念一想，老鼠是在讨生活，我读书也是为讨生活，何必相残呢？于是随手用毛笔画了一幅老鼠像夹在书中。李埏感慨："先生真有好生之德！"

有一次在课堂上，刘文典讲课的主题是"温李（温庭筠和李商隐）诗"。只见他穿一件半旧青布长衫，戴一副圆形黑边眼镜，手执一把紫砂小茶壶慢步走进教室，登上讲台，坐在椅子上，对学生微笑示意，不讲话，只顾喝茶、抽烟，过了一会儿才开始讲课。他先问大家："诗是什么？"又问："什么叫作诗？"学生们面面相觑。

刘文典说，诗者，观世音菩萨是也。"观"是要多多观察生活，"世"是要明白社会上的人情世故，"观世"是要观世察物，也就是体验生活，这是最主要的，杜甫就是阅世很深的诗人。"音"是说诗歌要讲音韵，要有音乐美，要讲平仄和押韵，所谓调声协律。"菩萨"是佛家语，"觉有情"的意思，是要有救苦救难、关爱众生的菩萨心肠。写诗要有特殊的悟性和情感，没有真情实感是写不好诗的。

幽默从来不只是博人一笑，更在于传递一种善意和温情。无论是接人还是待物，刘文典都心怀慈悲、释放善意。看似是人鼠同命运的感悟、传授写文章的比喻，其中却多有立身处世的教诲，幽默中也充满了对孱弱生灵的慈善之怀，对底层百姓的关爱之情。

刘文典讲课不拘定法，常常乘兴随意，打破常规，别开生面之余也带着诙谐幽默。他在西南联大讲文选课，解说文章精义，讲到得意处，下课铃响也不理会。下午上课，他一高兴能讲到5点多，才勉强结束。有一次，刘文典只上了半个小时课，便结束了。学生以为他要开讲新课，谁知他突然宣布说："今天提前下课，下星期三晚饭后七点半继续上课。"原来，下星期三是阴历八月十五，他要在月光下讲《月赋》。于是在校园里摆上一圈凳子，刘文典端坐在中间，对着一轮皓月大讲《月赋》，学生沉醉在此时此景，仿佛沉浸并穿越在那年那月，真可谓一桩雅事。

中行晚年在回忆文章中记录了一件有趣的事。刘文典在西南联大讲庄子时，一次，大名鼎鼎的吴宓教授也去旁听，"他讲书，吴宓（号雨僧）也去听，坐在教室内最后一排。他仍是闭目讲，讲到自己认为独到的体会时，总是抬头张目向最后看，问道：'雨僧兄以为如何？'吴宓照例起立，恭恭敬敬，一面点头一面答：'高见甚是，高见甚是。'惹得全场人为之暗笑。"

吴宓一向自视甚高，但对刘文典的学问却是十分佩服，1942年他在日记中记录："听典讲《红楼梦》并答学生问。时大雨如注，击屋顶锡铁如雷声。"这画面或许能让你想起电影《无问西东》中西南联大雨中上课的一个场景，因云南雨势太大，雨珠"啪啪"敲击在教室房顶，学生无法听见教授的声音，只得安静下来静静等待，但见刘文典在黑板上从容地写下四个大字"静坐听雨"。

古希腊先哲苏格拉底说："教育不是灌输，而是点燃火焰。"刘文典这种现场代入感颇强的授课方式，可谓别具一格又沁人心脾的思想输出，既有传承古今的文学涵养，又有令人回味的教学幽默，更像一根予人智慧的灯芯，点燃了学子们心灵成长的火焰。

在清华大学任教期间，因为做学术研究需要查阅一本稀缺的经书，他几经寻觅打听，了解到在北京香山寺就有此书，但是香山寺对外借阅服务方面有严格的规定：第一，非佛教人士不准借阅；第二，读书时必须在念经堂正襟危坐地读；第三，翻书时必须用专用的篾子轻柔地扑翻。

刘文典没想到查阅经书会有这么多规矩，但为了他的学术研究，他只得收敛狂傲的性子，跟住持说尽了好话，住持久仰他的大名，只好破例准他进寺借阅，但又一再强调读书时必须端坐，翻书时必须小心，不得留下褶皱。

刘文典当即拍着胸脯保证："如有违规，弟子甘愿受罚。"然而，他毕竟不是僧人，平素随性惯了，正襟危坐读了一会儿，就感觉腰酸背痛，他轻捶肩背，环顾四周，发现念经堂角落有一张空床，于是偷偷地躺在床上读书。寺庙宁静清幽的氛围，清涤了他的杂心，也加重了困意，他单手拿着经书，读着读着居然睡着了。刚一睡着，手中的经书就"啪"地掉到了地上。

这时住持刚巧经过，看到了这一幕，他不假思索地拿起木棒敲打睡梦中的刘文典，一边敲打一边责骂："如此珍贵的经书，让你借阅已是破例，没想到你居然把经书掉在地上，这是对佛祖的大不敬啊！"刘文典被打醒了，忍着痛抱头就跑，一边逃跑一边求饶："大师手下留情！我这颗脑袋也是宝贝，里装满了文化瑰宝，打坏了可没得换啊！"住持本来气急败坏，这一下被刘文典的话逗乐了，也就原谅了他。

刘文典虽被称为"民国第一狂人"，人称最傲娇的大师，但在学问和求知面前，他也会放下身段，表现出重学尊识的品格。只是性情狷介、狂放不羁的他，任何时候都会以"活着的庄子"自居，戏谑自己的人生境遇，彰显着灵魂的逍遥和个性的张扬。

西南联大青年教授陶光是刘文典的得意门生，经常为学问之事登门请教。但有一段时间因为备新课就没有去看望老师，心存愧疚。因此，他专门抽空去看望刘文典。

不料，两人刚一见面，刘文典就劈头盖脸把他一顿臭骂，说什么"懒虫""没出息""把老师的话当耳旁风"，等等。陶光一时莫名其妙。他一向尊重老师，但刘文典把他当成奴隶一般，随意辱骂。他也忍无可忍，正要怒目反击时，忽见刘文典用力一拍桌子，更加大着声音说："我就靠你成名成家，作为吹牛本钱，你不理解我的苦心，你忍心叫我绝望么？"他的口气又由硬变软，从愤怒之声到可怜之语。

原来，刘文典见陶光已被激怒，大有火山即将爆发之势，随机应变，以幽默的语言道出了蓄意已久的心声。陶光听到老师把自己当成"吹牛的本钱"，很受感动，几乎破涕为笑。他赶紧扶老师坐下，为老师倒了一杯茶。等老师情绪稍稍稳定下来，他才承认自己太粗心，没有及时问候，请老师谅解。刘文典见陶光如此诚恳，也就平静下来，让他留下吃晚饭。这样一来，师生二人的情谊就更深了。

青年教师陈红映曾回忆，他在读报时发生口误：记得读"束缚(fu)"一词时，我不自觉地露出了我的湖北方言，读成了"束缚(bo)"，正当中文系教授汤鹤逸先生纠正时，刘文典却笑着说："那是唐音。"及时替陈红映解了围。

即使是在战火纷飞的抗战期间，刘文典满怀以文报国救国的热情，以自己的节操和笔端极尽救亡图存之力，所作文章言语间也不乏机智和幽默。1942年，刘文典作《天地间最可怕的东西——不知道》一文，文章开宗明义："天地间最可怕的东西是什么？是飞机大炮么？

不是，不是。是山崩地震么？是大瘟疫、大天灾么？也都不是。我认为天地间最可怕的，简直可以使整个世界、人类、全体归于毁灭的，就是一个'不知道'。因为任何可怕的东西，只要'知道'了就毫不可怕。"文末，他坚信日本必败，中国必胜。

从辱骂爱徒到坦诚言欢，从读音尴尬到妙语解围，刘文典以随机应变、恰如其分的话语增进沟通，笑对险患，以尖锐警醒、形象生动的言辞呼吁救亡、传递信心，并非其圆滑世故以虚与委蛇，巧言善辩以明哲保身，而是处处显示出根植道义的善良，守愚藏拙的正直，凛然报国的忠诚。

1957年3月，刘文典在北京开全国政协会期间，在给儿子刘平章的复信中称呼其为"kolya"，落款为"擦皮鞋者"。原来，当时刘文典接到在成都读大学的刘平章要生活费的来信。会议间隙他在书店看到《苏联画报》上有一幅名为"擦皮鞋者"的讽刺溺爱子女社会现象的漫画。画面上，一个满额皱纹、衣着褴褛的老头在严冬中蹲在地上为儿子"kolya"擦皮鞋。刘文典灵机一动，之后这样给儿子回了信："Kolya：我在京用费极大，所带的钱早已用完。正是两袖清风，你要电汇用来救济，解除我的经济危机。我的旅费用尽只好步行回昆明了，不能从四川经过了。我连日参加最高国务会议，开会地点在怀仁堂。得以饱看中南海的雪景，真是兴奋极了，愉快极了。你很可以乘我在京的机会来北京一游。我可以买最精致的玩具给你，带你游览名胜，吃前门饭店精美的西餐……"刘平章读后，哂笑之余也体谅到父亲的不易。

"人生如逆旅，我亦是行人。"苏轼面对困境曾这样感慨。刘文典作为与儿子同样是逆旅困顿的"行人"，没有摆出"老子"的架子，而是以一种换位思考的幽默方式来教育儿子，这种幽默不失为一种智慧，换来的往往是真诚的理解。

胡适与黄侃的文学之争

胡适是白话文运动的首倡者。他认为"文言是半死文学""可读而听不懂",不利于文化的推广,主张用白话文代替文言文。1917年1月,胡适在《新青年》杂志发表《文学改良刍议》一文,提出了一不言之无物,二不摹仿古文法,三不讲求(拘泥)文法,四不作无病呻吟,五不用滥调套语,六不用典,七不讲对仗,八不避俗字俚语的"八不主义",还特意编著了一部《白话文学史》。并笃言:"白话文学之为中国文学之正宗,又为将来文学必用之利器,可断言也。"

胡适在北大任教,一次公开讲课中,他说白话文比古文简洁。有学生提出反驳意见。于是,胡适就出了一道题,让学生们就如何回绝行政院秘书一职草拟电文,学生用古文,胡适用白话文,看谁使用的字少。不一会儿,胡适让同学们说出草拟电文的用字数,然后从中挑选一份用字最少的文言电稿,电文是这样写的:"才学疏浅,恐难胜任,不堪从命。"共用了十二个字。而胡适微微一笑,给出了自己的答案,只有五个字:"干不了,谢谢。"

作为新生事物,白话文遭到一些支持文言文学者的猛烈攻击,也引发了一场关于白话文和文言文的论战。反对白话文运动的有大学者吴宓、黄侃、林纾、梅光迪、章士钊等人，尤以黄侃为最。

黄侃资历颇深，系辛亥革命先驱，也是著名语言文字学家、国学大师。后人称他与章太炎为"乾嘉以来小学的集大成者""传统语言文字学的承前启后人"。

对于胡适提倡的白话文，处事直率尖刻的黄侃自然很不屑。对于胡适草拟电报一事，黄侃曾在课堂上公开挖苦胡适。他说，例如胡适的太太死了，如果要白话文拟电报，家人必说："你的太太死了，赶快回来呀！"长达十一字。而用文言文则只需要四个字："妻丧速归！"台下同学们哄然大笑。甚至黄侃还对胡适说："你提倡白话文，不是真心实意！"胡适问其故。黄侃正色答道："你要是真心实意提倡白话文，就不应该名叫'胡适'，而应该名叫'到哪里去'。"

时空穿越百年，"仁者见仁，智者见智"的君子之争已成为文史趣谈。如今，白话文流行于世，而文言文也是不可或缺的国学瑰宝。文言文和白话文各有其长，也各有其美。世事亦然，不忘本来才能开辟未来，善于在继承中创新、扬弃中发展，才是人间正道和应有之义。

俞平伯的君子之风

18 岁那年，俞平伯的第一首新诗《春水》和鲁迅的小说《狂人日记》一起刊登在《新青年》上，因此，他成为中国白话诗创作的先驱之一。俞平伯 21 岁开始研究《红楼梦》，与胡适一同成为新红学的奠基人，并称为"新红学派"的创始人。中华人民共和国成立后，俞平伯历任北京大学教授、中国社会科学院文学研究所研究员，散文颇有成就的他也开启了红学研究的新气象，被誉为"红学泰斗"。

1920 年，经北大校长蒋梦麟推荐，俞平伯和朱自清到杭州第一师范学校任教。虽然俞平伯只在杭州任教半年就辞职离开，但两人一见如故，结下了深厚的友谊，并互视为知己。1929 年 11 月，朱自清发妻武钟谦因病去世，朱自清独自居住饮食不方便，俞平伯就经常邀请朱自清到家里共餐。一段时间内朱自清的一日三餐都在俞平伯家搭伙，俞平伯每月收朱自清 15 元搭伙费，却暗中都补贴到菜里，因此朱自清觉得俞平伯家中伙食特别丰盛，多年后才知道其中秘密。

1938 年，俞平伯被中国大学聘为国学系教授，随后不久他邀请知名作家、民盟成员毕树棠到中国大学国学系讲授"欧洲文艺思潮"课程。毕树棠与俞平伯为近邻，经常晤谈、互倾积愫，也由此成为莫逆之交。因抗战爆发，清华南迁，毕树棠一大家人口众多只能留守清华保管会。尽管生活极其艰难，可毕树棠坚持不任伪职，全家十几口人靠其教书代课、翻译作品维持生计。其间毕父和胞弟先后病故，可谓雪上加霜。俞平伯为了帮助毕树棠，请毕树棠给他的孩子当家庭教师，每月 50 元。毕树棠曾说："那时没有这么高的价，的确是雪中送炭。"这些生活小事，俞平伯既暗地无私相助，又顾及朱自清、毕树棠的面子，从中可窥见俞平伯的君子风范。

"君子养心，莫善于诚。"俞平伯的谦谦君子之风，如同他的新诗《春水》中写的："日光照河水，清且明。"

收藏家郑振铎的爱国情怀

郑振铎是我国杰出的爱国主义者，著名文学家、社会活动家。五四运动爆发时，郑振铎积极投身反帝反封建运动，与瞿秋白等创办《新社会》旬刊。20世纪20年代初与茅盾、叶圣陶等人发起文学研究会，投身文化事业和学术研究。1945年，与马叙伦等发起成立"中国民主促进会"，开展进步社会活动。同时，郑振铎也是著名的收藏家、训诂家。他的文学贡献不仅仅体现在他的著作上，更表现在对国家文化的保护和传承上。上海"孤岛"时期，为防止珍贵文化遗产流失海外，致力于为国家购置古籍、保存民族文献。他数十年间节衣缩食，呕心沥血，收藏了将近十万册（件）珍贵的图书和文物。中华人民共和国成立后，由于他在文化研究、文物收藏方面的卓越成就，先后担任首任国家文物局局长、考古研究所所长、文学研究所所长、中国科学院学部委员、文化部副部长。

在中国现代藏书史上，郑振铎的地位举足轻重。其藏书"就数量和质量论，在当代私家藏书中，可算是屈指可数的"（赵万里《西谛书目》序）。郑振铎收藏典籍可谓用心良苦，并为之付出大量心血，也是第一个到欧洲国家寻访通俗文学文献的中国学人。他曾这样描述自己收藏书籍的执着和艰辛："搜访所至，近自沪滨，远逮巴黎、伦敦、爱丁堡。凡一书出，为余所欲得者，苟力所能及，无不竭力以赴之，必得乃已。典衣节食不顾也。故常囊无一文，而积书盈室充栋。"其藏书之细，仅《西厢》的明刻本就有十四五种之多，如万历刻王骥德校注的《古本西厢记》、李卓吾批点的《西厢记真事》、黄嘉惠本《董西厢》、凌濛初朱墨套印本《西厢记》等，都属绝版收藏。其藏书之广，用郑振铎自己的话说，在 1940 年春到 1941 年冬，两年间搜集的书，等于建立了一个国家图书馆。郑振铎依靠自己与朋友、国家的力量，使残剩的古籍在烈火中涅槃。

郑振铎收藏旧籍的初衷，源于对学术研究的热爱，并没有以收藏去升值谋利的念头，诚如其本人所言："我从来没有想到为藏书而藏书。我之所以收藏一些古书，完全是为了自己的研究方便和手头应用所需的。有时，连类而及，未免旁骛；也有时，兴之所及，便热衷于某一类的书的搜集。总之，是为了自己当时的和将来的研究工作和研究计划所需的。"正因为此，一生博学的郑振铎藏书也十分广泛，从历代诗文到通俗文学，从古代版画到经史典籍，无不在其搜罗之列。特别是集中在以小说、戏曲、说唱文学为代表的通俗文学研究上，"于宋、元以来歌词、戏曲、小说，搜求尤力，间亦得秘册"。

小说戏曲说唱等俗文学文献，在中国古代被认为不登大雅之堂，藏家甚少着眼。20 世纪初，郑振铎为了配合学术研究而大力搜访此类古籍，逐渐带动起俗文学文献的整理收藏风气。其中，郑振铎购求戏曲善本尤力，其家藏籍被誉为"海内私家之冠"。战争期间的郑振铎，读到过一则路透社华盛顿电文，其中谈到：许多战火中保全下来的极珍贵的中国古书，已纷纷运入美国，国会图书馆已购千册。将来的中国，会和罗马当年的陷落相似，国家陷入没有文化的历史黑暗中。这正是郑振铎所担忧的。困守于沦陷区的上海，在炮声动地中，他仍在从事一份"最冷落孤僻的文学工作"：秘密为国家抢救文献，其间自费刊刻了两本曲籍目录——《西谛所藏善本戏曲目录》《西谛所藏散曲目录》。

1937 年起，日本侵略军陆续占领了上海和东南各省。江浙皖以及上海藏书家所藏珍本图籍纷纷流落上海书肆并大量散失海外。当时留在上海的郑振铎对此非常忧虑，决心发起一场抢救行动。他联系商务印书馆的张元济、光华大学校长张寿镛、暨南大学校长何炳松、北京大学教授张凤举等人，在上海成立了"文献保存同志会"，并向政府教育部、管理中英庚款董事会等部门申请拨款抢救古籍。

在之后不到两年的时间内，文献保存同志会以政府教育部所拨百多万元款项，抢救了大量珍贵古籍。购得玉海堂、群碧楼、嘉业堂、铁琴铜剑楼等十数家著名藏书楼流散出之珍藏，共收善本古籍多达3800 余种，其中宋元刊本 300 余种，已接近于北平图书馆馆藏善本的总数。这场抢救行动中，最为曲折的是 1938 年他为国家抢购已经沉寂了 300 年的《脉望馆钞校本古今杂剧》。当时，郑振铎得知元杂剧本"三十二册"的确切消息，书店经理此时又透露好消息，另外半部在古董商孙某处，约 2000 元可以买下。郑振铎大喜过望，但对于上千元的要价感到左右为难。他一边向教育部报告，一边向朋友、商务印书馆以及上海暨南大学同仁借款。等到第二天，郑振铎再去书商处，得知孙某已抢先一步，900 元收购了 32 册。郑振铎这时非常担心书的去处。于是，他请来朋友周旋，孙某最终同意以万金销售。郑振铎等不及教育部拨款，找到暨南大学代校长程瑞霖筹足款项，又经开明书店的陈乃乾从中"作伐"，终于用 9000 元购下这套包含了 64 册 242 种杂剧的戏曲宝库《脉望馆钞校本古今杂剧》，其中一半以上是未曾流传的孤本。那一天，他激动得彻夜未眠，用他自己的话说："这兴奋，几与克复一座名城无殊！"事后郑振铎这样说:"这个收获,不下于'内阁大库'的打开,不下于安阳甲骨文字的发现,不下于敦煌千佛洞抄本的发现。"

郑振铎不仅搜集古籍,为了编辑《中国历史参考图谱》,他还注意搜集陶俑。买古籍和陶俑的花销,基本上都是靠他在大学的薪水和挣的稿费,经常是东拼西凑、节衣缩食,说尽好话。仅购买明刊本《古女今范》一书,郑振铎就花掉全家人整整半个月的生活费。而为了买一个要价黄金12两的唐三彩马,他好不容易凑够10两,所幸与卖家也是朋友,也就拿了回来。还有一样唐三彩的骆驼,要价十几两黄金,郑振铎议好了价却拿不出钱给卖家,只好央求卖家千万别卖给别人,等哪天凑齐了款再买回来。甚至于一次去苏州,在一家文物店偶然发现一样汉时的陶俑,倾其所有买了下来。当他欣喜若狂地捧着买来的陶器走在街上,才发现自己身在异乡,连回家的路费也没有留下。后来找到了本地的一位旧友,才解决了回家的路费。类似这样的事,据说还有过多次。

除此之外,郑振铎还与鲁迅密切合作,编印过著名的"刻的丰碑"(郑振铎语)《北平笺谱》及《十竹斋笺谱》。当时,鲁迅就认为郑振铎是对中国古代版画搜集最多、研究最深的人,希望他写出一部"万不可缺"的中国版画史。1939 年至 1947 年,郑振铎陆续编选影印出版了线装 20 多册的《中国版画史图录》,共收版画 1000余幅,从唐至清的典籍、佛经、小说、戏曲等古书的插图以及画谱、笺谱里,博采精选,编成中国版画第一部最重要的史料书。1952 年,他又花费 5 个多月时间,从这部图录里精选出 300 余幅代表作,再加上精心补充的 200 余幅作品,编成《中国古代木刻画选集》。

郑振铎收藏有着浓烈的爱国情怀。在他眼里,祖国文物本就是属于国家,"不仅是中国先民们最崇高的成就,也是整个人类的光荣与喜悦所寄托。它们的失去,绝对不能以金钱来估值,也绝对不能以金钱来赔偿"。为此他将毕生所藏陆续捐献给了国家。1953 年，就任国家文物局局长职务后不久，郑振铎即写信给周恩来总理，将自己在上海重金收购的陶俑等文物一批计 502 件捐献给故宫博物院。1957 年又将所藏雕塑等类文物捐献给国家，一张证书也没要。他捐献的这批陶俑上至两汉，下至宋代，门类齐全，其中有十多件被定为一级文物。郑振铎不仅自己不遗余力收集捐赠文物，还动员一些好友捐赠。比如动员张大千，将其花 500 两黄金收来的五代名迹《韩熙载夜宴图》等一批国宝级文物低价转让给了国家。在他的努力下，常熟瞿氏铁琴铜剑楼、傅增湘双鉴楼、李氏宣荫楼等珍贵藏书也化私为公。

郑振铎还十分重视海外珍贵文物的回归以及对故纸废书的收集，促成了对陈清华藏宋版古籍的收购及流落苏联《永乐大典》11 册归还我国等重要举措，还使有珍贵价值的宋版《文选》《金石录》、明刻本《列国志传》等古书免于遭受纸商"入锅化浆"的"废纸"之劫。20 世纪 50 年代，郑振铎主持成立了文物征集小组和北海团城文物收购点，陆续将许多文物精品收归国有。举世闻名的"三希"法帖中的王献之《中秋帖》和王珣《伯远帖》便是在郑振铎先生的积极推动下，由国家以 35 万港元重金从香港回购的。

作为我国文物事业的主要开拓者和奠基人，郑振铎还在国家文物局倡议，从事文物工作人员，都不要购买和收藏文物。从此，形成了我国文物系统工作人员的一个优良传统。1981 年，国家文物局颁发《文物工作人员守则》规定，"文物工作者严禁利用职权，为自己收购文物，禁止买卖文物从中得利"，就是坚持了从中华人民共和国成立之初以来形成的规矩。1997 年，这些规矩被列为国家文物局颁发的《中国文物、博物馆工作者职业道德准则》内容之一，这是他为中国文物工作者留下的宝贵精神财富。

郑振铎常说："倘若我不在人世，这些书全是国家的。"他不幸因公殉职后，许多商家前来收购他的藏书，出价高达40万元，在当时简直就是天文数字，但其夫人高君箴女士遵照郑振铎生前遗愿，把他的全部藏书捐献给国家，所捐古籍多达17224部、94441册。

"我辈对于国家及民族文化均负重责，只要鞠躬尽瘁，忠贞艰苦到底，自不至有人疵议。"郑振铎用真情和行动诠释了什么是真正的文化担当，他收藏报国、保护文物的一生，正是对"值得贡献的事业"的最美注解。

马寅初的长寿之道

马寅初先生是我国著名的人口学家、教育家和经济学家，享年101岁。他虽然人生坎坷，命途多舛，但他性情爽直，热爱运动，有着独特的长寿之道。他认为，环境越是恶劣越要坚持锻炼，只有保持强健的体魄才不会被困难压垮。以坚毅顽强精神锻炼一生的马寅初，不仅被誉为当代"中国人口学第一人"，也被评为新中国"最美奋斗者"。

性情有立场——爽直少阴郁

马寅初性情直爽，襟怀坦荡，疾恶如仇，爱憎分明，与世无争却有理必争，与人为善却有恶必惩，虽因此受了不少身心之苦，但为人不遮不掩，做事不忍不憋。从另一方面来说，通了神顺了气泄了火，从不长怀多愁善感、阴沉抑郁的情绪，实实在在有利于健康。

在军阀割据、连年混战的年代，马寅初一心报国，毅然参加了孙中山先生组织的同盟会。回国后面对军阀、政客们轮番上门许以高官厚禄，希望他到袁世凯阵营操办财政经济事务，对此，他公开宣称"一不做官，二不发财"，坚持走"治学救国"的道路。

马寅初常对人说："言人之所言，那很容易，言人之所欲言，就不太容易，言人之所不敢言，就更难。我就言人之所欲言，言人之所不敢言。"在国民党统治下，马寅初因为揭露四大家族发国难财的劣行而入狱；九一八事变爆发后，马寅初发文抨击蒋介石的不抵抗政策、攘外必先安内政策。1934年，马寅初针对引发物价大混乱及对外金融政策失当问题，在立法院会议上激烈责难财政部部长孔祥熙。当李公朴、闻一多惨遭暗杀，马寅初怒写遗书，孑然一身赴南京中央大学讲演揭露国民党反动派的罪行，有力地推动了当时国统区的反蒋爱国民主运动，成为一名英勇不屈的民主战士。

马寅初对恶势力旗帜鲜明，从不妥协，但对周围的同志、学生和家人从不呵斥、发脾气，总以一种亲切的态度关心爱护、耐心教育。他说："愈是在个人遇到挫折和不幸时，愈应该冷静和乐观，体谅和关心别人。"在日常生活和事务中，他心胸豁达，遇事冷静客观，凡事想得开，置烦恼于身外，做到了"猝然临之而不惊，无故加之而不怒"。常以一副对联自勉："宠辱不惊，闲看庭前花开花落；去留无意，漫观天外云卷云舒。"对于自己的健康长寿之道，马寅初曾经做过这样的总结："吃食素淡，心境开阔，坚持锻炼，苟无他故，必活百年。"他认为："光明的信仰，钢铁的意志，大海的胸怀，是一个人生命力的基因。"直言"真诚、爽直的人，便极少有内疚、阴郁的折磨"。虽然大半生不是处于战乱岁月，就是置身政治旋涡，但并没有让其消沉颓废，反而更激发起他热爱生活、珍视健康的信心。

体健知冷暖——洗出精气神

谈及自己的养生经验时，马寅初说："对我身体益处最大的就是冷热水浴和爬山两项。"但他选择的坚持时间最长、收效最大的是冷热水浴。在耶鲁求学时，马寅初在学校游泳馆经常见到一位年长的美国老人，无论寒暑总是坚持进行冷水浴，身体非常健康。马寅初于是向老人请教养生之道。老人很热情地向他介绍了"冷热水浴"的方法：先洗一刻钟的热水澡，让周身经络通畅。然后擦干身体，休息数分钟，再迅速进行几分钟的冷水浴。这样做的好处多多：首先，用热水洗澡时，全身毛孔放大，有利于排出身体里的一些脏东西；其次，能使血管充分扩张后再迅速收缩，提高血管的弹性，防止硬化，还能避免高血压和中风等疾病；最后，这样做还能增强血液循环，促进各组织器官的新陈代谢，提高身体适应气候变化的能力。马寅初按此法一生坚持冷水浴达70年。即使是上世纪五六十年代马寅初去农村考察，知道当地缺少洗浴的设施，就随身带着木盆，用往身上泼冷水的办法来代替。

在新人口论遭到批判的时候，马寅初曾说过这样一段经典的话："泼冷水是不好的，但对我倒很有好处。我最不怕的是冷水，因为我洗惯了冷水澡，已经洗了50年了，天天洗，夜夜洗，一天洗两次，冬夏不断。因此，对我泼冷水，是我最欢迎的！这虽然是锻炼身体的一个好方法，但直接间接影响我的头脑，使我获得了一个冷静的头脑，很适宜于做科学研究工作。"

由于长年坚持冷水浴，在他76岁时到协和医院做全面检查，结果除了体重超重外，血压还和年轻人一样，内脏各个器官的功能都很正常，和30岁的人差不多。马寅初认为，这与他长年坚持冷水浴是分不开的。在八九十岁时，还精神矍铄、满面红光。

会当凌绝顶——敢登长寿峰

爬山是马寅初另一个重要爱好。在他眼里，"荡胸生层云""一览众山小"的开阔才是身心舒畅的展现。因此,"会当凌绝顶"是他每次爬山的目标,不爬则已,爬则必登顶。这个在美国哥伦比亚留学时养成的习惯,回国 40 多年间他始终坚持不懈。

马寅初每到达一地,首先打听附近的地理山势,以便早晨爬山选择登山路线。抗战期间,马寅初曾住在歌乐山的山腰,教书则在重庆沙坪坝重庆大学,很多人选择雇用山民抬轿往返,而马寅初却一直坚持步行,每天上山下山一次。即使软禁在贵州息烽,被监视居住,他也每天在规定的"警戒区"内坚持爬山。

中华人民共和国成立前后,马寅初先后担任浙江大学校长和华东军政委员会副主席,经常往返于沪杭两地。在杭州时,他每星期都要坚持爬山两次,宝俶山、棋盘山、凤凰山等山峰都留下了他的足迹;一般人要一个多钟头才能攀上山顶的北高峰,马寅初只需要20 多分钟。在上海工作时,由于无山可爬,他就用爬楼梯来代替。1951 年 5 月,马寅初被任命为北京大学校长,他常带家人去爬景山公园或爬香山"鬼见愁"。1952 年秋,北大西迁到海淀之后,他几乎天天去爬万寿山,从不间断。甚至觉得慢爬或只爬一次不过瘾,往往上下爬个三四遍。据《忆父亲马寅初二三事》以及《走进马寅初》等书籍记载,马寅初最后一次到颐和园"爬"万寿山,已是 91 岁高龄。动了大手术的他坐着轮椅,游完长廊又到万寿山山顶看了看。

老骥能伏枥——跑长生命线

在美国哥伦比亚大学读书时,马寅初养成了跑步的习惯。他不分寒暑坚持跑步锻炼,而且还要计算跑的步数,每天要跑六七千步。他还经常在衣袋里放一些蚕豆,每跑完一定距离,就把蚕豆从一个衣袋转移到另一个衣袋,直到原来的衣袋空了才停下来休息。

到了晚年，马寅初在自家院里修了一条 60 米长的环形跑道，每天早晨都要在院子里跑上 50 圈。84 岁那年，他的一条腿突然瘫痪，走路非常困难。但他还坚持拄着拐杖，拖着瘫痪的腿坚持行走五六千步。后来，连拐杖也不能拄了，他就每天围着茶几转上几百圈，坚持锻炼了 7 年。再后来，由于身体越来越虚弱，连扶着茶几转圈都做不到了，马寅初就让子女架着他锻炼。1972 年，两条腿都瘫痪后，他仍以惊人的毅力躺在床上或坐在轮椅上进行上肢锻炼。跑步的习惯和洗冷热水浴、爬山一样，伴随了他一生，无论是在何等的困境逆境中都没中断过。

除了热冷水浴、爬山和跑步，马寅初对游泳、太极拳、太极剑、骑马等体育运动也很感兴趣。他从十几岁开始锻炼，一直到百岁高龄，从未间断。马寅初的生活很有规律，每天早晨起床后按时锻炼，中午小睡一下，晚上睡前洗澡。他对饮食也很注意，一日三餐按时进食。既不偏食，也不暴饮暴食，每餐饭只吃八九分饱，不吃热汤热饭，也不沾烟酒。马寅初曾自信地说："从前是人生七十古来稀，如今是人生七十多来兮。"果然，生命不息、锻炼不止的他，也最终成为"必活百年"的长寿老人。

第三辑
见素抱朴守初心

守初心是一辈子的事

古语有云："不忘初心，方得始终。"何谓初心？是"人生若只如初见"的纯洁美好，是"一片冰心在玉壶"的清正忠贞，是"烈士暮年，壮心不已"的奋斗不息。党员干部的初心，就是党旗下的铮铮誓言，就是融入血脉的全心全意为人民服务的不变宗旨。初心是一辈子的坚守，唯有不忘初心，方可告慰历史、告慰先辈，方可赢得民心、赢得时代，方可善作善成、一往无前。

守初心是"信仰保鲜"一辈子的价值追求。"人之初，性本善"，每个人都怀有向上、向善的初心，随着入世渐深，初心必然演化成不同信仰上的价值追求。共产党人的初心，就是要保持追求真理、笃定信仰的执着。不论形势如何变幻、环境如何变迁、条件如何变化、岗位如何变动，都要保持思想上的纯洁、政治上的清醒、精神上的崇高、信仰上的坚定。周恩来同志用一生诠释信仰不变的誓言："在任何艰难困苦的情况下，都要以誓死不变的精神为共产主义奋斗到底。"邓小平在莫斯科中山大学填写履历表时这样表白："我从来就未受过其他思想的浸入，一直就是相当共产主义的。"2019年3月，习近平总书记在中央党校（国家行政学院）中青年干部培训班开班式上强调："信仰认定了就要信上一辈子，否则就会出大问题。"信仰能不能坚守一辈子，是真假马克思主义者的试金石。鲁迅先生曾说过："在行进时，也时时有人退伍，有人落荒，有人颓唐，有人叛变，然而只要无碍于行进，则愈到后来，这队伍就愈成为纯粹、精锐的队伍了。"回望腥风血雨的革命历程，南湖红船上的那13个人的命运，验证了"坚守"的沉重分量：4人牺牲，7人脱党或被党开除，最终坚守到北京，见证开国大典的仅有两人——毛泽东、董必武。路遥知马力，日久见人心。信仰的初心不仅要经得起生死危难的考验，也要经得起一辈子的漫长检验。因为，"信仰保鲜"不是一劳永逸的事，宣誓入党不代表灵魂入党，职务高不代表觉悟高，党龄长不代表党性强。在市场经济社会，我们面临的诱惑、接受的考验更加复杂多样，"信仰保鲜"也必然直面多元思潮冲击和时代转型洗礼，更需对党的信仰虔诚而执着、至信而深厚，每一名共产党员都要当一颗信仰的种子，扎根党的事业这片田野，扎根人民群众这片沃土，成长为为党分忧、为国干事、为民谋利的栋梁，在为民族复兴的追梦中找到理想，在为人民服务的奋斗中找到归宿；每一名共产党员都要自觉对照党章党规规范自己的一言一行，把政治纪律和政治规矩摆在首位，不断增强"四个意识"，坚定"四个自信"，做到"两个维护"，永远保持政治上的清醒坚定；每一名共产党员都要时时净化自己的思想灵魂，处处检视自己的党性指标，事事反省自己的精神境界，随时扫除政治灰尘，杀灭思想细菌，防止信仰由量变引发质变，努力做到政治信仰不变、政治立场不移、政治方向不偏，既要有"生死凛然无苟且""经得艰难考验时"的忠诚，又要有"咬定青山不放松""风雨不动安如山"的定力，把"初心"写成一生的信仰。

守初心是"革命到底"一辈子的奋斗情怀。孔子说："居无不倦，行之以忠。"一个人为事业一辈子孜孜以求，就是其生命价值之所在。中国共产党人的初心和使命，就是为中国人民谋幸福、为中华民族谋复兴。一个"谋"字，诠释了初心的奋斗意义所在。初心是革命到底的奋斗誓言。1912年毛泽东在湖南图书馆自学时，就"下定这样的决心：我将以一生的力量为痛苦的人民服务，将革命事业奋斗到底"。1939年5月，他又在西北青年救国会举行的模范青年授奖大会上指出，"永久奋斗，就是要奋斗到死"。周恩来曾经说过，"我们这些人一辈子就是为国家、为人民拉车啊！一息尚存，就得奋斗"。王进喜自述，他从小放过牛，知道牛的脾气，牛出力最大，享受最少，他要老老实实为党和人民当一辈子老黄牛。共产党人的初心首先体现在为理想为宗旨奋斗的决心意志上，越是伟大的事业越充满艰难险阻，越是需要在艰苦奋斗中净化灵魂、磨砺意志、坚定信念。初心是革命到底的奋斗实践。云南省原保山地委书记杨善洲退休后不改"只要生命不结束，服务人民不停止"的诺言，扎根大山义务植树造林22年，践行了"干革命要干到脚直眼闭"的誓言。60多年来，国测一大队先后六测珠峰，两下南极，36次进驻内蒙古荒原，46次深入西藏无人区，48次踏入新疆腹地，徒步行程近6000万公里，相当于绕地球1500多圈，用青春和生命默默丈量祖国的壮美河山。新时代是奋斗出来的，需要一任接着一任干，一代接着一代干，更需要点亮接续奋斗、不懈奋斗、永远奋斗的初心。不仅要以踏石留印、抓铁有痕的奋斗作风抓重点、补短板、强弱项，更要以爬坡过坎、滚石上山的奋斗精神敢攻坚、促转型、谋发展。初心是革命到底的奋斗不息。全军挂像英模、"最美奋斗者"林俊德，从确诊为"胆管癌晚期"到离世的27天时间里，他戴着氧气面罩，身上插着十多根管子，把病房当作战场，与死神争分夺秒，一直拼到他生命的最后一刻。时代楷模王继才说："我是一名共产党员，为了一个信仰，要在开山岛守下去，直到守不动的那一天！"这句誓言让他32年、11600多个日日夜夜，用300多面国旗，始终以孤岛为家，与海水为邻，每天巡岛、观天象、护航标、写日志，从未间断尽忠职守。新时代是奋斗者的时代，忠诚是党员的"身份证"，奋斗是先进的"资格证"，"革命到底"一辈子，就是要牢记我们党肩负的实现中华民族伟大复兴的历史使命，勇于担当负责，积极主动作为，保持斗争精神，敢于直面风险挑战，以坚忍不拔的意志和无私无畏的勇气战胜前进道路上的一切艰难险阻。

守初心是"洁身自好"一辈子的人格力量。共产党员坚守初心，不仅要有科学的真理力量，更要有强大的人格力量。李先念同志与党员干部谈话时有一句口头禅，就是"贪污腐化是侮辱了自己的人格"。党员干部洁身自好、拒腐防变，就是在维护自己的党性人格。这也体现在两个方面：一是慎初防微。钱学森退休后曾说："我就是心有桃花源，洁身自好，不沾一点点污泥。"小事小节中有党性、有原则、有人格。党员干部保持初心纯洁，关键是在思想作风上防微杜渐，牢记"不以恶小而为之，不以善小而不为"的古训，牢记破一次规矩就会留一个污点，搞一次特殊就会减一分威信，谋一次私利就会失一片人心的铁训。注重处处抓早防小，时时检视整改，"心不动于微利之诱，目不眩于五色之惑"，坚决不在"吃一点，占一点，收一点，拿一点"的心怀侥幸上跌跟头，做到小事上不收送、小节上不放纵，始终严格要求自己，真正防患于未然。二是淡泊防卑。《菜根谭》中有句话说："势利纷华，不近者为洁，近之而不染者为尤洁。"不接近权势名利的人是高洁的，接近权势名利，却能够不为之动心的人更为高洁。有的党员干部为了个人升迁的一己之私，或是为了攀高结贵的虚荣之心，一味趋炎附势，完全丧失了人格尊严和骨气。这要求我们不为权势丧失原则，不为名利丢失人格，不为职位自失操守，而应不逢迎、无偏私，做人宠辱不惊、不卑不亢，做事不畏权贵、不徇私情，做官刚正不阿、淡泊自守。

见素抱朴守初心

《道德经》曰："见素抱朴，少私寡欲。"其中隐喻保持质朴、坚守本色的重要性。一个人的本色是一种思想纯洁的质朴，是一种淡泊名利的境界，是一种求真务实的坚守。"按本色做人、按角色办事"，就是要保持做人做事的本色。守住这种本色，就是在坚守一份先进精神的崇高境界，坚守一份执着理想的厚重责任。

一、守住普通人的身份，排除权力的浮幻虚光

权力都是一时的。有句话说得好，做官一阵子，做人一辈子。有的党员干部因为暂时掌握着一些权力就忘乎所以，在群众面前口气大、架子大、脾气大，总觉得自己高人一等，胜人一筹，喜欢颐指气使。还有的因在领导身边就沾附权力光环，行狐假虎威之道。殊不知，习惯了高高在上、摆谱作势，而一旦失权离位，往往找不到北，多有心理严重失衡而自伤。曾国藩说："做人一定要像人，做官不可太像官。"罗荣桓元帅在任总政治部主任时曾对机关的同志讲："不要以为你很高，这种高是因为你骑的马高。下了马，该多高还多高。"

权力是人民群众给的。干部的权力来自人民，也必须用于人民，而不能投之于私心杂念。干部是人民公仆，不应享有任何特权。要谨记权力是群众给的，始终心怀敬畏，因为敬畏权力就是敬畏群众。当你不对群众负责，远离群众之时，也是权力和群众离弃你之时。

权力是有责任的。权力就是责任，权力越大，责任越重。要坚持权为民所用，利为民所谋，责为民所系，做到公正用权、廉洁用权、慎重用权、阳光用权。

二、守住平常人的心态，排除名利的迷醉诱惑

对名利要有平常之心，在需要面前学会选择，在诱惑面前学会放弃，在原则面前学会坚守，真正做到一身正气、一尘不染。

名利是心外之物。有人说，名利是身外之物，其实名利更是心外之物。正如古希腊哲学家苏格拉底所说的那样："你总是随身携带着你自己精神的负担，又怎能惊讶于你的旅行未能给你带来幸福？正是驱你向前的东西本身成了压在你身上的重担。"之所以不少人面对进退得失容易心态失衡，就在于名利在心中太重，总是驱之不去的缘故。因此，看淡名利不计较得失应常驻心灵。民谚说得好："一个人的快乐，不是因为他拥有得多，而是在于他计较得少。"一个人不被名誉物欲所诱，心灵上就没有负担，就能充分拥有从容，从平平淡淡中感受到生命的真实。

对待名利要知足。老子曰："祸莫大于不知足，咎莫大于欲得。"名利无止境，犹如精神鸦片；名利也猛如虎，是把双刃剑。人的一生，谁也带不走的是财富，谁都留得下来的是名声。功成名就不是唯一的目标和成功，而在于是否为社会发展为单位建设尽心尽力尽责，如果我们背上名利的包袱，就像"鸟翼系上了黄金，鸟儿就再也飞

不起来了"。要养成知恩感恩的习惯，常怀知足常乐的心态，对物质功名的欲望要从宽处想，往明处看，不为拥有所累，追求的应该是境界上的崇高，精神上的富有。

名利要得之其所。名和利要取之有道，得之其所。与理想、努力、责任相匹配的名利是荣誉，为之奋斗无可厚非，也十分光荣。反之不择手段巧取豪夺，靠关系后台不劳而获，则是一种虚荣，很容易成为事业上的羁绊。名和利也要实至名归，当之无愧。对待名誉进步要审慎律己，工作生活中常照品行"镜子"，常做思想"体检"，常扫心灵"灰尘"，摒弃不良欲望，抵制外界诱惑，保持一个干净的心灵、一个清白的名声、一个廉洁的口碑。

三、守住老实人的品格，排除中庸的暧昧摇摆

老实人不是老好人。老实人与老好人虽差一字，但内涵全然不同。老好人处世圆滑，与人为"善"，多栽花，少栽刺，常"和稀泥"，喜欢人云亦云，善于察言观色，从不得罪于人，奉行"是非面前不开口，遇到矛盾绕道走"的明哲保身的处世哲学。一语道之，老好人就是不负责任的人。而老实人坦荡做人，立场鲜明，实事求是，表里如一，从不搞两面三刀、阳奉阴违，也不会投机取巧、一团和气，更不善见风使舵，曲意逢迎，一是一，二是二，始终老老实实做人、扎扎实实工作、踏踏实实干事。可见，老实人就是敢于担当的人。

老实人就是认真的人。"认真"在于能否求真务实、真抓实干，而不是敷衍应付、走马观花。认真精神，体现在思想作风上，就是求真理、讲真话、做实事的实事求是；体现在工作事业上，就是兢兢业业、一丝不苟、精益求精的极端负责；体现在精神境界上，就是铁面无私、公道正派、克己奉公的严格自律。

老实人就是带头人。率先垂范是干好事、干成事的优良传统，模范带头就是树立一面旗帜，当好一个标杆，产生积极的引导作用和示范作用，进而迸发强大的人格魅力影响和带动下属。当好老实人，要求处处以身作则，率先垂范；事事吃苦在前，享受在后；时时走在前列，站在排头。当好老实人，就要在事业使命面前带头重品行、作表率，在大是大非面前带头讲政治、顾大局、守纪律，在岗位职守面前带头讲学习、强素质、干事业。

尊崇英烈就是敬重未来

9月30日，是每个中国人都应该铭记的日子：烈士纪念日。这一天，沉淀着英雄的事迹和精神，总能唤醒我们灵魂深藏的记忆与情感。英烈是一个国家、一个民族的脊梁，承载着跨越时空的精神力量。为民族谋复兴、为人民谋幸福的奋斗历史，是英烈镌刻信仰的年轮，连接着昨天与今天，定义着过去和现在。崇尚英雄、缅怀英烈、传承英烈精神，聆听他们的故事，呼唤他们的英名，铭记他们的信仰，守护他们的荣誉和尊严，是我们对"从哪儿来、往哪儿去"的铿锵回答。

"英雄者，国之干；庶民者，国之本。"烈士是一个民族不屈的脊梁和魂灵，也是民族精神的载体和化身。在中华大地上，有无数仁人志士前仆后继，以热血浇灌理想，以生命践行信仰，他们是中华民族伟大复兴征程上永不熄灭的精神火炬。国家民政部门的统计数据显示，自革命战争年代以来，我国先后约有2000万名烈士为中国革命和建设事业献出自己宝贵的生命，成为用生命和鲜血开辟道路的人，成为点燃自己照亮中国的人。在这个群体中，有名可考，被记载或列入各级政府编纂的《烈士英名录》的，仅有193万余人，其余绝大多数属于无名烈士。正是他们用殷红的鲜血，书写了爱国主义最壮丽的诗篇。

天地英雄气，千秋尚凛然。在他们身上，闪耀着"未惜头颅新故国，甘将热血沃中华"的献身精神，"砍头不要紧，只要主义真"的视死如归，"为有牺牲多壮志，敢教日月换新天"的勇敢刚毅；在他们身上，彰显着全民族抗战的同仇敌忾，解放战争的英勇无畏，抗美援朝的艰苦卓绝，抢险救灾的舍生忘死，抗疫斗争的逆行出征……他们是时代的先锋、民族的脊梁、共和国的功臣。每一处纪念碑，每一座烈士墓，每一段英雄故事，都犹如光照千秋的力量。如杨靖宇所言："革命就像火一样，任凭大雪封山，鸟兽藏迹，只要我们有火种，就能驱赶严寒，带来光明和温暖。"无论时代怎样变化，革命先烈身上所凝聚的英雄精神，早已成为每一名中华儿女情感的依附、精神的归宿、前行的动力。

这些年，国家和各地围绕弘扬红色传统、尊崇革命英烈做了大量工作。据统计，目前全国共有烈士纪念设施保护单位 4200 多个，每年接待纪念烈士活动 10 万余次，有 1.5 亿多人次走进烈士纪念场所，形成学习英烈、弘扬传统的良好风尚。但也要看到，近年学习英烈参与度不高，除了学校组织、党团活动，民众很少会主动走进烈士陵园；一些民众淡忘历史，漠视英烈，想得更多的是即将到来的国庆假期；有的意识不强，纪念日依旧歌舞升平，甚至在烈士陵园喧哗嬉笑跳广场舞；有的因保护不力、研究不足、宣介不够，一批红色资源管理缺位，遭商业化场所挤占，损毁或消失，不少英烈生平事迹逐渐湮没无闻；有些烈士遗属生活贫困，抚恤金不能及时发放；在一些媒体尤其是网络等新媒体上，歪曲历史、抹黑英雄的现象时有发生。这些问题需要全社会共同关注，着力解决，也警示我们，捍卫英雄就是守护信仰，尊崇英烈就是敬重未来。

天地英雄气，千秋尚凛然。英雄是一个民族最闪亮的坐标。对一切为国家、为民族、为和平付出宝贵生命的人们，不管时代怎样变化，我们都要永远铭记他们的牺牲和奉献。缅怀英烈，为铭记，更为传承。烈士事迹、烈士纪念设施等是重要的红色资源，是鲜活的党史学习教材，是宝贵的精神财富。要崇尚英烈、捍卫英烈，深入挖掘烈士精神内涵，广泛宣扬烈士英雄事迹，使其永葆时代光芒。加强烈士史料和遗物的收集、抢救、挖掘、保护和陈列展示工作，加大相关经费投入，将烈士纪念工作落实情况纳入文明（典范）城市、双拥模范城（县）创建活动考评内容同步考评、同步推进。通过参观瞻仰烈士纪念设施、集体宣誓仪式、专题展览、报告会、网上祭奠英烈等形式，铭记烈士的英名和壮举，进一步增强历史责任感和使命感。常态化开展英烈故事"进机关、进校园、进企业、进军营、进社区"活动，邀请老兵宣讲团、优秀讲解员、文史专家、英雄模范、烈士遗属为群众讲述英烈故事，充分利用中华英烈网、两微一端、抖音等新媒体进行传播，营造全社会尊崇英烈、学习英雄的氛围。

　　一位古希腊哲学家曾说过，为国献身的英雄，是将生命价值发挥到顶点的人。历史也昭示我们，一个有英雄情怀的民族，才是有希望的民族；一个有英雄情怀的国家，才是有希望的国家。站在新的历史起点上，让英烈之光照亮前行之路，在一次次穿越时空的纪念中叩问初心使命，在一次次赓续传承的缅怀中坚定理想信念，继承英烈遗志，弘扬英雄精神，接续奋斗，砥砺前行，书写无愧于时代的壮丽篇章。

塞罕坝精神的绿色忠诚

————————

　　位于河北省北部的塞罕坝是蒙汉合璧语，意为"美丽的高岭"。历史上曾是"千里松林"，却也曾经是"茫茫荒原"。半个多世纪以来，三代塞罕坝林场人以敢教荒漠变绿海的斗志，用血汗和智慧践行忠诚于党、奋斗为民的誓言，在美丽的高岭上铸起一座永远的绿色丰碑，形成了"牢记使命、艰苦创业、绿色发展"的塞罕坝精神。塞罕坝精神跨越历史时空，闪耀着绿色忠诚，也是塞罕坝人最光彩照人、浸润心灵的色彩。

　　绿色忠诚是"理想坚定骨头硬"的满腔赤诚。"理想信念坚定，骨头就硬。"塞罕坝人的理想就是坚决完成国家交给的任务，信念就是一定要让荒原披上绿装，有了这种"革命理想高于天"的精神力量，他们的骨头就硬，意志就坚，办法就多，爬冰卧雪不觉苦，风餐露宿不畏难。今天，许多老一代创业者仍能背出这样一段话：改变当地自然面貌，保持水土，为改变京津地带风沙危害创造条件。这正是当年国家交给塞罕坝林场的任务。在塞罕坝干了40多年的赵振宇老人说："那时候我们思想很单纯，没有想什么苦啊、累啊，只是想怎么把党交给的工作做好。"正是为了这个理想，当年仅19岁的孟继芝在坝上护林，在一次大雪中，气温低到了−39℃，因为迷路而被冻得浑身僵硬，被救起时却永远失去了双腿……正是为了这个理想，在"文化大革命"中被迫离开工作岗位的张省，平反后曾一天之内连续7次找到林场，要求马上参加造林工作。心中有理想，脚下有力量。如今，塞罕坝每年释放氧气55万吨，为京津地区输送净水1.37亿立方米，相当于近10个西湖的蓄水量，成为守卫京津的重要生态屏障。昔日"黄沙遮天日，飞鸟无栖树"的茫茫荒原，今天变成了百万亩苍翠林海，都仿佛诉说塞罕坝人的满腔赤诚，传递报国为民的铮铮誓言。

绿色忠诚是"献了青春献子孙"的竭诚奉献。塞罕坝精神是几代林场人书写的绿色传奇，展现的是一种坚守，一任接着一任干，任任都有新贡献，一张蓝图绘到底。为了塞罕坝，第一代建设者献了青春献终身，献了终身献子孙。60年前，来自全国18个省市的369名建设者响应党的号召，来到了平均海拔1500米，年均气温-1.4℃，最低气温-43℃的高寒区塞罕坝，而他们的平均年龄还不到24岁。通过塞罕坝三代人60年的艰苦奋斗，在140万亩的总经营面积上，成功营造了112万亩人工林，森林覆盖率由建场初期的11.4%提高到现在的80%。这里有着"六女上坝"的传奇：六个正值年少的女同学放弃高考，立志将青春献给塞罕坝的壮丽事业，面对的却是超乎想象的艰苦条件，四面透风的苗棚，冻得直打冷战，忍受着钻心疼痛，累到站不起来，却仍然将满腔热情心甘情愿地铺洒在万亩林场上；技术副场长张启恩在造林卸苗时，不慎从拖拉机上摔下，造成一条腿粉碎性骨折，一生与拐杖和轮椅为伴，三个子女没有一个考上大学……如今，林场有80后、90后职工将近300人。比起林一代、林二代，尽管生活条件有了很大改善，林三代们仍然需要在冰天雪地、蚊叮虫咬的深山里作业，需要面对常人难以忍受的寂寞和苦闷。但是，塞罕坝的年轻人很少辞职，那是因为他们深受老一代林场人牺牲奉献、爱党为民的影响，都把这片林子当作终生的事业，和老一辈一样，他们用青春换来了茫茫高原上无声的绿色赞歌。

绿色忠诚是"我为人民种幸福"的使命追求。清朝后期，由于国力衰退，日本侵略者掠夺性的采伐，连年不断的山火和日益增多的农牧活动，使塞罕坝的树木被采伐殆尽，大片的森林荡然无存。到中华人民共和国成立前夕，塞罕坝由"风吹草低见牛羊"的皇家猎苑变成了"风吹沙起好荒凉"的沙地荒原。为了改变生态恶化的历史面貌，为了让当地百姓能安居乐业，幸福生活，1962年，开荒队伍进驻塞罕坝，拉开了与自然抗争的序幕。刚刚建场的塞罕坝，没有粮食，缺少房屋，没有学校，没有医院，没有娱乐设施，交通闭塞，冬季大雪封山，人们便处于半封闭、半隔绝的状态。"六女上坝"主人公之一的陈彦娴老人记得，当年大家领到工作证都很激动，睡觉时怀里都要揣着。我们是在为人民种树，为祖国作贡献，这是多么光荣的事啊！塞罕坝人吃的是黑窝头，住的是土窝棚，艰苦奋斗植树造林，1982年，超额完成了国家确定的第一期20年造林任务，在荒山上造林96万亩，创下当时全国同类地区造林成活率、保存率的最高纪录。60年的接力奋斗，已打造出世界上最大的人工森林，被誉为"水的源头、云的故乡、花的世界、林的海洋、休闲度假的天堂"。112万亩人工防护林，绿色产业收入占50%以上，林场职工收入不断增加。林场在围场县城建设了7万多平方米的职工住宅楼和6000多平方米的办公综合楼，退休老人和部分职工700多户住进了县城的楼房。塞罕坝，这个荒原变林海的人间奇迹，更是一曲播种幸福的使命赞歌。

著名作家魏巍曾写道："万里蓝天白云游，绿野繁花无尽头，若问何花开不败，英雄创业越千秋。"今天的塞罕坝，视觉是绿色的，而强大的精神力量也在这充满勃勃生机的绿色之中发扬光大。

好船者溺　好骑者堕

在非洲，有一种叫黑鹭的鸟，它捕食的方法很特别。黑鹭的翅膀与普通的鸟有所不同，当它们站在水中时，翅膀会张开并围成一圈，像一把打开的伞，然后黑鹭会把头蜷缩在翅膀中，以尖锐的喙静等猎物的出现。黑鹭正是利用了小鱼喜好在岸边水浅且阴凉的地方活动这一习性，用这种近乎守株待兔的方式"坐等"着猎物送上门来，一条又一条小鱼钻进它的"阴凉"之下，而黑鹭张开翅膀就是给有这些习惯的猎物们造成一种阴凉的假象，猎物很容易上钩。

自然界的生存法则，与人世间的名利陷阱、贪欲之祸如出一辙。小鱼有着喜岸贪阴的喜好，不知暗藏的凶险；黑鹭有着围翅遮阴的迎合，却怀着致命的恶意。

古人云："好船者溺，好骑者堕，君子各以所好为祸。"告诫的就是不慎其好、好而无度之举，如若一味追求个人喜好的快感，不加辨别、纵情沉溺，盲目"陶陶然乐在其中"，就有可能遭受无妄之灾。

芸芸众生，饮食男女，谁没有几个爱好？但爱好有高雅和庸俗之分。刘墉先生曾在《偶像》一文中说过："高尚的爱好可以造就天堂，庸俗的爱好只会造就坟墓。"古人把庸俗的习惯和嗜好称为"祸媒"，是因为喜好把握不好尺度，很容易成为祸端。历史上，纣王沉溺美色而自焚，宋徽宗痴情艺术而误政，李后主偏爱词诗而去国，贾似道好斗蟋蟀而污名，严嵩嗜好字画而败落……

而究其败因，是这些喜好被别有用心者所利用。这些投其所好者，与围翅遮阴的"黑鹭"又有何异？

事实证明，"钓者之恭，非为鱼赐也；饵鼠以虫，非爱之也。"往来之间没有无缘无故的好意，只有别有用心的诱惑。一旦爱好越了线、变了味，被欲望蒙蔽了双眼，"爱"而不当，"好"而无度，最终也会因"好"致"祸"。

之所以会遭遇投其所好的"黑鹭"，无外乎是当事人有权力或利益加身。于是各种诱惑、算计都冲着你来，各种讨好、捧杀都对着你去，往往会成为"围猎"的对象。抵制这种"围猎"，关键是防止个人喜好成为"软肋"。要把个人喜好与公权力作一切割，与利益诉求划清界限，让那种"不怕领导讲原则，就怕领导没爱好"的围猎魔咒彻底失效。

"高飞之鸟，死于美食；深泉之鱼，死于芳饵。"他人的投其所好必然掩藏着"溺"之危、"堕"之害。鲁国宰相公仪休嗜鱼而不受鱼，他并非圣人，也不是故作清高，而是看到了喜好中潜藏的危险，懂得取舍，不被爱好所围，做到"好"而有度。要知足知止、见微察害，有"草摇叶响知鹿过，松风一起知虎来"的敏感，时时过滤社交圈、生活圈，保持不为虚名所惑、不为浮利所迷、不为美色所动的定力。

一个人的精神追求，贵在涵养身心，重在淡泊自守。唯有心不为物役，行不为"好"累，对待任何事物"嗜之有度，好之有道"，方能安身立命、独善其身。

"五日登州府"的政绩观

北宋元丰八年（1085），已被流放黄州苦闷煎熬六年之久的苏轼，在新一轮的政权交替后，终于得以起用。被安排到登州（今山东蓬莱）任知府，却在五日后接到朝廷提拔诏命，令其赴京，调为礼部郎中。在他离开登州之后，当地百姓修建苏公祠，立起众多苏公碑，还刻有《乞罢登莱榷盐状》，至今还流传着"五日登州府，千年苏公祠"的佳话。苏轼在登州为官的时间仅有短短五天，为何能让当地百姓如此怀念，让苏轼在登州的足迹就此成为永恒？

政绩不分任内任外，而在真心为民。登州沿海历来是重要的产盐之地。当时，登州府灶户（盐民）煮盐为生，老百姓的食盐本来可以从灶户那里买，而榷盐制度规定，所有百姓必须食用官盐，灶户所产的盐只能卖给官方，由官方再高价转卖给百姓。苏轼看到的是灶户失业，百姓吃不起盐，以致身体因长期少盐导致虚弱患病。官府里的盐却堆积如山，而商贾不至。当官仅五日的苏轼，完全可以一走了之，不再过问。然而，他卸任后又驻留了十余日去体察民情，即使是离任登州还继续为登州老百姓办实事。史载，元丰八年十二月，苏轼刚刚离开登州回到京城，奋笔疾书上奏朝廷《乞罢登莱榷盐状》为民请命，请求废除登州榷盐制度，准予蓬莱沿海一带

"灶户以煮盐为生，百姓赖灶户食盐"，为蓬莱百姓争得了不食官盐的优惠政策。《蓬莱县志》亦记道："蓬邑不食官盐，自宋代苏长公已条陈得免其累，洵所谓仁人之言，其利溥哉！"充分体现了苏轼忧国忧民的赤诚之心，更展现出他勤于政事、关注民生、为官一任、造福一方的政绩观。

政绩不论任职长短，而在惜时尽责。在短短的五天登州太守任上，苏轼没有临时观念，只顾安家联络，而是在抵达的同时就开始了公务处理。在这五天里，苏轼没有因为时间短暂静而无为，也没有因为自己干了政绩也是后任的，更没有趁机四处游山玩水，而是惜时如金，竭尽自己所能体察海防和民情，掌握了一些关系国计民生的紧要事务。而他为登州所上的奏状之所以能被朝廷采纳，也得利于他卓有成效的调查研究工作。在《乞罢登莱榷盐状》中，苏轼陈述了"登州、莱州百姓食官盐，官无一毫之利而民受三害"的调查结论，提出由沿海灶户直接卖与地方百姓，官府只收盐税的办法。同时，苏轼发现作为兵家必争之地的海防要塞登州，对北宋强敌东北少数民族严防戍守不足。他通过实地查访，掌握了百余年间登州屯兵戍守的具体情况，在《登州召还议水军状》中指出当时登州武备松弛，屯兵多有外调的严重问题，向朝廷表达了他深恐"兵势分弱，以启戎心""便风一帆，奄至城下"的忧心，提出了加强蓬莱沿海防务，固定驻军，教习水军的建议。这种"功成不必在我"的情怀和"功成必定有我"的境界，无疑是苏轼一贯的作风。

政绩不在四处周全，而在去私立公。在苏轼结束短暂任期即将进京赴任之际，按理他可以多琢磨一下如何履新，适应新环境。面对食盐官营专卖制度这个棘手问题，没必要费尽周折去触及一些权贵的既得利益，给自己招惹是非。尤其是他刚刚被重新起用，更该谨慎，然而苏轼并没有明哲保身、顾及私念，当个"老好人"谁也不得罪，而是心系"国之大者"，站在克己奉公、报国为民的立场上。不畏权贵，将官场失意、生活困顿全都抛诸脑后，把个人得失置之度外。正是苏轼这种一心为公、公而忘私的执着，革新了榷盐制度，极大改善了登州百姓民生，也促成了蓬莱阁下建成了刀鱼寨，明代更是大兴土木，将其扩建为备倭城，使登州边海防得到进一步巩固。

"政声人去后，民意闲谈中。"清代盐政碑记中有这样一句话："苏文忠公莅任五日即上榷盐书，为民图休息，土人至今祀之，盖非以文章祀，实以治绩也。"这也揭示了苏轼之所以能留下"五日登州府，千年苏公祠"政绩的历史密码。政绩事关民心向背，事关事业兴衰。苏轼"五日登州府"的政绩观，也印证了"为民造福是最大政绩"的古今共同信条，激励为官从政者根植于心、践之于行。

有官贫过无官日

明崇祯三年（1630），陆陇其出生在嘉兴平湖新埭泖口，字稼书，民间敬称他"陆公"，因为平湖别称当湖，亦称"当湖先生"。陆陇其为官崇尚实政，一身清廉，在康熙年间出任嘉定知县、灵寿知县，据说坐堂办案不用差役，以德化民，政通人和，庭可生草，"以至无讼之境"，被康熙称为"廉能之员"，更被誉为"天下第一清官"。陆陇其是清朝第一位入祀孔庙的圣贤，也是《清史稿》对康熙在位60余年众多官员中立传的三人之一。

清代修过《平湖县志》的学者马承昭所著《陆清献逸事》记载，陆陇其还在县学读书时，曾在县城水洞埭倪氏家里教书，所获酬金非常低，仅每年十石米而已。当时每石米不过才值八九百文，每年的收入不到十两银子。有人仰慕陆陇其的学问，愿意出高价在下一年聘他，但陆陇其拒绝了，他说："余家薄产尚可供饘粥，馆谷不求多也。"直言自己家里还有一点薄田，教书不求酬金的多少，彰显了他年少就清廉自守的品格。

尽管家学渊源，但年少时期生逢乱世，朝代更迭，陆陇其直到28岁才中举，41岁中进士，46岁时授官嘉定县令。治嘉期间，他为官清正廉洁，"节俭先之，廉洁之至"，有口皆碑。"公令嘉定多善政"，他关注民生，注重教化，以德感人。曾经写过一篇《劝谕监犯文》，派人给犯人们宣讲开导，犯人们听得痛哭流涕。

嘉定南翔镇当时是布商云集之地。一日清晨，陆陇其带人亲自去卖布。由于布商们开店都较晚，因而在店外守候的乡人非常多。店家一开门，所有的人蜂拥而上，最早到的陆陇其却一直到最后才卖上布。他回去后就做出规定，要求布商们黎明就开店，因为"乡人力农，日不暇给"，"多留一刻，即旷一刻功"，经过陆陇其的一番改革后，市场交易变得更利民了。

嘉定当时豪绅多、赋税重，大户拉拢官员欺民，民间盗贼四起。陆陇其拒绝豪门拉拢，缩减衙役，厉行勤俭。他在大庭广众之下摆开八仙桌，用四只倒满水的碗围着一只空碗转动的实验，让一众赌徒明白"逢赌必输"的道理；他重教恤刑，用轻便的"芦席枷"取代犯人脖子上沉重的木枷；他为盗贼提供织布机和棉线，引导他们"劳动致富"……不到两年工夫，嘉定面貌大变。嘉定百姓舍不得他，募资刻印了《公归集》送给他，并亲切地称他为"陆嘉定"。

陆陇其清廉为官、克己修身、节俭持家，平素衣着均由其妻纺织制作，食用的蔬菜以及日常所乘舟车费用也都由自己承担。"公之夫人亦纺织以给日用"，夫人和江南地区的普通劳动妇女一样，靠自己织布来补贴家用。陆陇其著有《治嘉格言》一书。如今在平湖巡盐埠旧址一楼，还专门打造了一棵家风树，点开每片树叶，都是《治嘉格言》中的家风家训，如"勤俭持家，切勿贪吃，切勿生事坏法""人若有一念之差，便当随起随灭"等。

在陆陇其的官衙卧室里挂有这么几个字：不贪为宝，无欲则刚。这不仅体现了他清正廉洁的为官准则，更展现了他守身如玉的人格风范。

《陆清献逸事》还记载：陆陇其给自己顶头上司的生辰贺礼是

四样东西：夫人自己织的土布两匹，朱扇一柄，竹筷子二十双，还有嘉定土产凉鞋一双。在"三年清知府，十万雪花银"的封建社会，如此薄礼自是令上司不悦的。因此，其上司慕天颜在有官职空缺时却"言其才干不及，应降级调用"。百姓听闻，纷至巡抚衙门前要求陆陇其留任，慕天颜不得不再次疏请部议。

在嘉定一年零十个月后，陆陇其因不愿贿赂顶头上司被诬告"讳盗"而被罢官。离任时，九乡二十都的百姓扶老携幼，"执香携酒，争相送行，拥塞道途"。陆陇其只带着几卷图书和妻子的织布机，因行李太少太轻，在自己的书箱里放了石头以便压舱，一度被其他贪官误以为装着金银财宝，由此流传出了著名的"十八只箱子"的故事。

两年后，左都御史魏象枢应诏举荐十名清廉官员，陆陇其名列其中。上疏状中这样推荐陆陇其："原任江南嘉定县革职知县陆陇其，清操饮冰，爱民如子。因注误被革，万民怨恫。未去而皇皇罢市，既去而家家尸祝。又闻与妻同驾一舟，唯有图书数卷，其妻织机一张而已。"陆陇其因此而被补直隶灵寿知县。

灵寿县地瘠民贫，役繁俗薄，且灾情不断。在任七年，陆陇其赈灾减税，伸张正义，严格自律，政绩良多。据《灵寿县志》载，陆陇其到灵寿后体恤民困，处处俭约，外出从不坐轿，近路步行，远路则骑驴。一日，他带两名衙役去慈峪办事，中午同衙役吃饭，两人以为跟新知县同吃，定是上等宴席，不想陆陇其领他俩在临街的小摊边要了荞面饸饹吃。陆陇其还在餐间告诫衙役们，不得扰民，不许向百姓要吃喝、索贿物，违者严加惩处。并说今日每人一顿只花了三文钱，日后外出每人每顿按六文钱发给。此举让衙役暗自叫苦，多有离职。

康熙二十二年（1683），陆陇其还判过一个湮灭古迹案。灵寿县有一高台，相传楚汉相争时保护刘邦有功的著名将领纪信曾登临其上，故名信台。有一村霸笪幼乔将之占为己有。他在信台四周筑起围墙，建盖房屋，把台上古迹一应去除，挂起新的匾额，将信台改名"乔木堂"。乡民敢怒不敢言，历任县令也听之任之。到任不到三天的陆陇其听闻此事，立刻命差役捉拿笪幼乔归案。并将笪幼乔擅建的房屋、围墙全部充公作为纪信庙，之前古迹原物又恢复原状。一时间大快人心，乡民称颂。此时，距信台被湮灭已近二十年。

当陆陇其离开灵寿时，同离任嘉定时一样，行李简陋，随身携带的仅有书籍数箧和铺盖而已。灵寿数千人号哭相送，惜别之情难以自持。陆陇其两次罢官归家，没有半点积蓄，家境清贫得连大门也安不起，仅用一点竹匾遮风挡雨。陆陇其后来任四川道监察御史，一年后离职在家。因无生活来源，只得再去外地任塾师，足见其清贫。"有官贫过无官日，去任荣于到任时"，正是后人对一代清官一身正气、两袖清风的最好诠释。

生死无痕照丹心

不接受个人专访，不撰写个人回忆录；没有花圈，没有哀乐，没有追悼会；没有照片，没有生平介绍，没有墓地。这是怎样一个人？他就是"活不争利，死不占地"的湖北省政协原主席沈因洛。出生于 1920 年的他，1938 年就投身革命，中华人民共和国成立后，曾任解放军某军政治部副主任，武汉钢铁公司经理、党委第一书记，湖北省委书记（当时设有第一书记）兼省委组织部部长，省委副书记，省顾问委员会副主任，省政协主席；1995 年 8 月离休，2016 年 2 月 20 日因病逝世。

一、78 年的党性是什么？

沈因洛 1938 年 5 月加入中国共产党，是中共第十二届中央委员，中国共产党第十二、十三、十四次全国代表大会代表。在沈因洛的人生字典里，从没有"不服从"，调令一来说走就走；政治学习没有半点松懈，参加支部活动不打折扣；一生最爱唱《红梅赞》，"红梅花儿开，一片丹心向阳开"唱响的正是他顾全大局、爱党为党的无限忠诚。

78年的党性是"服从组织不讲二话"。沈因洛可以说是一位老革命、老八路。抗日战争期间，参加了百团大战；解放战争期间，参加了中原突围，在枪林弹雨中出生入死，他说："革命战争年代，党指挥枪，党指到哪里，我就冲到哪里！"和平建设与改革开放年代，服从组织的本色依然丝毫不改。妻子曹俊敏谈到沈老的服从，还有些委屈：1961年，时任某军政治部副主任的沈因洛，接到中央调他赴武钢工作的命令。那时候是春节前几天，他二话没说带上行李就走，把夫人和孩子留在了广东。像这样说走就走的情况不在少数。只要组织有需要，刀山火海都立刻出发。从部队到企业，工作跨度很大，但沈因洛从来没有任何抱怨，在摸不着但却看得见的党性里只有"服从组织的安排"。

　　78年的党性是"活到老学到老"。在沈因洛的书房里，翻开《习近平谈治国理政》《习近平关于全面深化改革论述摘编》等书，红色标记随处可见。"共产党人要学习大政方针，多关心国事省情，否则就跟不上中央和时代的步伐。""我要活到老，学到老，一直要学到马克思召唤的那一天！"沈因洛常这样说。90多岁了还能大段背诵党章，因为字字句句早已根植心中。病重时，他呼吸都很困难，但仍然趴在医院病床上，手握放大镜，吃力地看着《习近平关于党风廉政建设和反腐败斗争论述摘编》。去世的前一天早上，秘书陈明照常准时到老人家里为他读重要文件、念当日新闻。当时念的是2016年中央一号文件，当沈老问什么是供给侧改革时，陈明说："等我查阅资料后，明天再告诉您。"没想到，等他准备好答案，却再也不能说给沈老听了。"必须向党中央看齐，与党中央保持高度一致！"这句话似乎仍然在陈明耳边回响。

　　78年的党性是"人离休思想不退休"。沈因洛自1995年8月离休以后，只要身体允许，每月的支部活动都按时参加，每月的党费都按时交，而且多交。2014年下半年摔了一跤后，就坐着轮椅，让秘书推着他参加支部会议。在支部会上，他从不在会上发表一些和党中央、省委不一致的言论，如果听到党员中有不和谐的声音，他一定会大声批评，并告诫大家，看问题要抓住本质，看现象要把握主流。正如湖北省政协原主席王生铁所说："他虽然离休了，但是思想没有离休，履行一名党员的职责没有离休。"在沈因洛眼里，那么多职务，唯一看重的是党员身份；唯一要求的是在报纸上写一句话"中国共产党党员沈因洛于什么时候去世，享年多少岁"，而且叮嘱："一定不能忘记强调我是'中国共产党党员'！"

应该说，党性早已融入沈因洛的内心灵魂，流淌着一种铁打的忠诚，他早已把党的需要视为价值的追求，把组织的决定当成天大的命令，把党员的称号看作终身的荣誉，释放着一种无声的坚守，在他的党性修养里，退岗不褪色，离休不离党，在党为党，在党忧党，哪怕只活一阵子，也要为党奉献一辈子。

二、21年的担当是什么？

从1961年3月到1982年10月，在武钢工作了21年7个月的时光是沈因洛最值得书写的人生。他历任副经理、经理，公司革委会副主任、主任，公司党委第二书记、经理，党委第一书记。初到武钢时，恰逢三年困难时期，苏联终止援建，撤走专家，武钢大批项目停建停产。沈因洛临危受命，他把军队好传统、好作风带进武钢，用铁一般的担当带领武钢走上了新的发展之路。

21年的担当是"作风像秤砣一样扎实"。在武钢处境异常艰难的情况下，沈因洛提出一个口号："武钢不能乱，炉子不熄火，生产不能停。"为了让自己从钢铁生产的"门外汉"变成"百事通"，尽快摸清厂情、掌握业务，沈因洛在办公室里铺了个床，一连几个月和一线工人同吃同劳动，天不亮就到办公室处理公务，一辆自行车、一个黄布军用挎包、一个本子、一支笔是他的标配，让沈因洛的足迹遍布武钢十里钢城、百里矿山。只要有空，就不知疲倦地到一个个车间转，在生产现场向一线工人了解情况、问计问策。晚上他到处拜师，向青年技术人员、财务人员、业务干部请教，从最基本的生产工艺流程到企业管理知识，每晚都要学到10点以后，持续了大半年，作风就像秤砣一样扎实，业务也像秤砣一样扎实。

21年的担当是"当起官比别人都累"。1972年8月，党中央、国务院批准将"一米七"轧机建在武钢。这项耗资40多亿元的工程，是当时我国从国外引进的现代化先进设备中规模最大、采用先进技术最多的一项工程。在这之前，我国的钢铁质量不高，被人形象地称为"面条"和"裤带"。硅钢、薄板、带钢等高端产品全靠进口，既要花费大量外汇，又受到发达国家的封锁。经过与西德、日本异常艰难的谈判，作为中方技术谈判总代表的沈因洛排除万难签下了合同。紧接着，作为工程指挥部主要领导，沈因洛带领十万建设大军参加会战。调度100多个工地，破解众多技术难关，他带领团队废寝忘食、攻坚克难。1981年底，"一米七"工程通过国家验收，正式投产，不仅改变了我国钢材品种的结构，也让我国的钢材生产迈向了世界先进水平。"他就是责任心重，当起官来比别人都累。"这种印象深深地刻在武钢人的心中，有着铁一般担当的沈因洛，也被人们亲切地称为"铁帅"。

21年的担当是"与群众打断骨头连着筋"。沈因洛有着过人的好记性，这来自他对群众的深厚感情，接触一两次他就能记住大家的名字，他会一连几个月跟工人同吃同住同劳动，一起跳渣坑、搬矿石、吃冷饭，累活脏活抢着干，工人们有话都愿意跟他讲。到厂矿检查生产，他总是要转到食堂去看看，叮嘱后勤人员把伙食安排好，说："饭菜里面有钢铁，工人们只有吃饱了肚子才能一门心思多炼钢铁。"因此工人们发自内心地说："我们跟沈经理是打断骨头连着筋，有血有肉的感情！"武钢有一条路叫"沈因洛路"，因为有职工反映从白玉山农场到工厂上班，路程远且道路坑洼，晴天一身灰，雨天一脚泥，也容易发生事故。沈因洛听到反映后，经过实地调研，提议修建了白玉山到厂前的水泥路，并开了通勤车，解决了工人们的心头难事。

沈因洛其实不止 21 年的担当，是铁一般的担当，有着铁一般的态度，困境面前挑大梁，难题面前敢攻关，责任面前不回避，"一肩挑两手干"就是答案；有着铁一般的意志，踏破车间渣坑，访遍工友技师，吃尽千辛万苦，"做人做事，像钢铁一样踏实、过硬"；有着铁一般的情意，把根深扎在基层里，把心沉放在民众中，与工人同吃同住，与群众同心同德，"一块苦一块干"铸就了血肉深情。

三、96 年的风范是什么？

沈因洛 96 年的风雨人生，也是党员干部不朽风范的一生。不搞特殊，因为他早已占有了共产党员的"特殊材料"；不留钱财，因为他早已视倾心为民为终身财富；没有墓碑，是因为他早已在群众中矗立起"人格丰碑"。

96 年的风范是"家人身边人不让一寸"。1982 年，沈因洛从武钢调任省委书记（当时设有省委第一书记）兼组织部部长，按照当时的政策，家属可随调省直单位，但他坚决不同意，还动员不到 55 岁的老伴按规定提前办理了离休手续。面对有想法的妻子，他说："我当了组织部长，人家万一有意无意照顾、优待你怎么办？退了就没这种可能了。"翻开沈因洛的日记，外孙女燕燕从小到大，每一次发烧生病，体温多少，病状如何，都有记录。然而尽管疼爱有加，外孙女却远赴苏州自谋职业。给沈因洛开了15年车的司机吉胜说，沈因洛从不许家人坐他的公车，即便是沈老住院，女儿女婿来医院陪护送饭，也是换乘两趟公交车来的。一次，燕燕乘半夜的飞机回武汉，打电话问外公能不能让他的专车去机场接自己，沈因洛说："你还是打车回来吧！"沈因洛一直教育家人："靠自己的本事吃饭，不要指望在我这里沾任何光！"沈老的秘书陈明说，第一天去沈家，沈因洛就给他"约法三章"：善于学习、严格守时、严格自律。绝不能搞歪门邪道，绝不能替他人说情，绝不能收受红包和特产。2012年盛夏，一位老熟人送来四把藤椅，沈因洛十分喜欢，当即吩咐付款。一方要付款，一方不肯收，陈明赶紧打圆场。沈因洛对陈明大发雷霆："你想干什么？我这辈子从来不拿别人的东西，难道你不知道吗？"曾做了14年沈因洛秘书的杜兴福称，虽然他了解沈因洛的脾气，但为给女儿找工作，他还是决定试一试，"万一老爷子答应了呢"？但就在他将女儿的求职简历交给沈因洛的第二天，沈因洛就让司机把简历送到了人才交流市场。

96年的风范是"领导一大方，风气就变坏"！在武钢，沈因洛的办公室是单身宿舍改造的，只有10多平方米，一张木桌、一个电话、几把椅子。随着职务不断提升，工作人员多次要给他换办公室，换家具电器，都被他一口拒绝："钱要用在刀刃上，不能用在享受上"，沈因洛常常这样讲。武汉夏天很热，他却连个吊扇都不让装。"办公室比炉台上凉快多了！"一件皮夹克，沈因洛穿了近40年，早已皮面斑驳、里衬破烂，但他一直舍不得扔。两个用了10多年的塑料文件夹，已经破损变形，陈明曾经想要更换，却被沈因洛拒绝了。沈因洛下基层从不接受礼金和土特产，从不搞迎来送往，从不借机旅游观光。从国外出访归来，外方赠送的计算器、相机、手表，他一一上交；离开武钢，他主动支付家具折旧费；接待战友，他从来自掏腰包；外出调研，企业的慰问金、感谢费不仅坚决拒收，还提出严肃批评。

96 年的风范是"106 张捐款收据"。沈因洛离休后，他订下规矩，每年拿出一个月离休费，分别捐给湖北省慈善总会、残联、老促会、"希望工程"和"春蕾计划"。发生地震等自然灾害时，他总是第一时间为受灾群众捐钱捐物。在整理他的遗物时，家人发现了 106 张捐款收据，其中不少是以妻子曹俊敏的名义捐出去的，总额达 14 万多元，最多的一年，捐款 7 次共 1.7 万元，最少的一年捐款 4 次有 8000 元。而未写收据的捐款，已经无从知晓。2015 年 9 月，他获得中国人民抗日战争胜利 70 周年纪念章和 5000 元慰问金，当即决定把慰问金捐给革命老区困难群众。他在日记里写道："我老了，为国家做不了什么贡献，只能尽这点微薄之力了！"

96 年的风范是"活不争利，死不占地"。有一张发黄的《人民日报》，沈因洛生前珍藏了 33 年。这张 1983 年 8 月 16 日的《人民日报》，在第三版刊文《把遗体交给医学界利用的倡议》，文章倡导通过自愿行动，为遗体利用作出榜样。倡议人是 24 位时任中央委员，其中就有沈因洛。为了兑现当年捐献遗体的承诺，又由于捐献遗体要近亲属签名同意，他一个一个动员。恩爱的老两口，起了争执；孝顺的女儿，接受不了。沈因洛说："我是一个共产党员，要信守诺言，说到做到！"并再三交代陈明："我 17 岁离开家乡跟党走，没有党、没有人民，就没有沈因洛；当年，我在遗体捐献倡议书上签了名。我走后，孩子们如果违背我的意愿，你不能'和稀泥'，更不能做'老好人'。到时候我不能说话做主了，你一定要站在我这边，替我说话。"没有照片，没有生平介绍，也没有墓地，在武汉市遗体捐献者纪念碑上，邮票大小的"沈因洛"三个小字，就是沈因洛留下的最后人生"痕迹"。

"政声人去后，民意闲谈中。"回望沈因洛96年的人生轨迹，不图富贵与功名，唯留风范在人间。他家风如镜，一生不帮秘书谋位子，不给司机留面子，不为家人开口子；他律己如铁，拥有权力不大方，捐款助人很大方，捐赠遗体留芬芳，他的一生可谓是光明磊落的一生，高风亮节的一生。

第四辑

以德立身品自高

正直有品

　　正直，是指为人正派坦率，是让社会、大众接受并尊敬的做人方式，既是忠诚的人格表现，也是真实的品行修养。实现这一要求，根本在于遵规守纪、品行正派，关键在于注重细节、养成自觉。

　　正直在于"粉身碎骨浑不怕，要留清白在人间"。正直始终表现为忠贞不屈、刚正不阿的气节。自古以来，正直就是正义的化身，正气的源头，更是一种崇高向上的精神境界，一种顶天立地的人格节操。它从孟子"富贵不能淫，贫贱不能移，威武不能屈"的浩然正气中迸发，从苏武"历尽难中难，心如铁石坚"的19载艰辛中走来，从魏徵"水能载舟，亦能覆舟"的忠言直谏中呈现，从包拯"断案铁面无私，执法六亲不认"的较真中张扬，从文天祥"人生自古谁无死，留取丹心照汗青"的从容赴死中彰显，从鲁迅"横眉冷对千夫指，俯首甘为孺子牛"的战斗笔端中流淌。具备正直的品格，就要面对威逼利诱、生死考验保持铁骨铮铮、大义凛然的革命气节，就要面对权势高官、歪风邪气保持敢说真话、坚持原则的不卑不亢，就要面对诋毁诽谤、无情打压保持宁为玉碎、不为瓦全的傲然风骨。

　　正直在于"勿以恶小而为之，勿以善小而不为"。古话讲，"祸患常积于忽微"，"不虑于微，始于大患；不防于小，终亏大德。"告诉我们习以为常地做自认无关大碍的坏事，终会伤及自身品行，不屑一顾做自认微不足道的好事，终会失去他人尊重。《北京青年报》在市内设立了不少无人售报点，旁边写着：每取走一份报纸，往箱内塞 0.5 元。然而，有许多人只拿报，不付钱。北京电视台用摄像机进行了隐蔽观察，结果发现竟然约 40% 的人在这区区 0.5 元面前丢失了公德。我们个别人不注重小节，有的无人时就近小便，也有的见到他人的钱财起了歹念，当起了大家所不齿的小偷，还有的借休息娱乐打牌小赌，等等。小能伤大，甚至把自己送进牢狱的大门。这些行为之所以都有一个"小"字，一是如此行为真的不能称之为大，二是提醒大家要慎微，就是要见微知著，防微杜渐。我们每个人都应做一个"大写的人"，有了正直人品做保证，做人才有底气，做事才会硬气。

正直在于"难事可帮一阵子，好事要做一辈子"。正直的素养贵在塑造自我，加强自身修养，也贵在持之以恒，锲而不舍。一个人做一件好事并不难，难的是一辈子做好事。正直的素质修养是一种生命坚守的过程和实践，热一阵并不难，突击一下也容易，因为它只需要一时的心血来潮即可。而要做到"活到老，学到老，改造到老"则更不容易，因为它需要坚定信念的主导、高尚情感的激发、顽强意志的支持，需要几十年如一日地全身心投入。雷锋同志在平凡的岗位上始终如一，"把有限的生命投入到无限的为人民服务中去"，成为伟大的共产主义战士。杨善洲同志退休后义务植树造林 22 年，创下了价值 3 亿元的林场，全部无偿移交给国家，他用执着和无私诠释了一辈子忠于党的事业，一辈子全心全意为群众谋利益的誓言。不难看出，正直的坚守既是思想境界的有效体现，也是达成素质修养的有效途径，需要一辈子的付出。

正直在于"一人好不是真正好，大家好才是真的好"。正直的品质并不局限于洁身自好、不犯错，更重要的是充满正气，敢于"较真"。如果对不良现象不报告、不制止，怕影响同事感情，怕打击报复，只会助长歪风邪气，损人害己。因此，对错误倾向不能视而不见，而要及时制止；对歹意恶念不能无动于衷，而要及时干预；对违纪行为不能冷漠旁观，而要敢于斗争。有一个"糖果实验"的故事，是西方国家做的一次实验，时间跨度达30年。实验发生在幼儿园，幼儿园老师和他的学生说："桌子上的糖果每人一颗，一会儿老师要出去一趟，哪位小朋友要是能在我回来之后吃糖果，老师将会再奖励一颗糖果。"说完老师便离开了屋子。老师走后，屋里的小朋友分成了三类，一类是立刻吃掉桌子上的糖果，一类是克制自己不去吃糖果，另一类是自己不吃也阻止其他小朋友吃糖果。30年的追踪实验结果显示，第一类在社会上发展得最不好，第二类日子过得还可以，第三类大多成了各单位的主要领导。虽然吃糖果并非什么大错恶果，但却可以以小见大，一窥品行。

培养正直的品德，不妨让自己坐得正行得端，多一些底气；让自己喜拉袖多提醒，多一点正气；让自己乐助人勤帮带，多一点豪气。

苦学修德

————

　　一个人，贵在坚持学习、学习、再学习，坚持实践、实践、再实践。学习是一种修炼，修炼作风，修炼品德，并表现为一种学风，这种学风，要受得了艰苦，耐得住摔打，经得起挫折；这种学风，贵在坚持不懈，持之以恒，也贵在顽强拼搏，争先创优。一个人是否能保持良好的学风，很重要的一点就是以什么样的态度对待困难、不足和挫折。

　　吃最大苦——与困难做伴侣。"书山有路勤为径，学海无涯苦作舟。"韩愈的治学名句告诉我们，要想在成才的道路上登上顶峰，勤奋是唯一的路径，要想在求知的海洋中走向成功，吃苦是必须的过程。关于苦难，有一段经典的话："夫《诗》《书》隐约者，欲遂其志之思也。昔西伯拘羑里，演《周易》；孔子厄陈、蔡，作《春秋》；屈原放逐，著《离骚》；左丘失明，厥有《国语》；孙子膑脚，而论兵法；不韦迁蜀，世传《吕览》；韩非囚秦，《说难》《孤愤》；《诗》三百篇，大抵贤圣发愤之所为作也。"这里提到的拘、厄、放逐、失明、膑脚、迁蜀、囚秦等，都可谓是他们学有大成前承受的大苦大难。也正如孟子所说："故天将降大任于是人也，必先苦其心志，劳其筋骨，饿其体肤，空乏其身，行拂乱其所为，所以动心忍性，曾益其所不能。"中国古代有"悬梁刺股""凿壁偷光""囊萤映雪"的学习故事，今天我们也能从中央电视台"状元360""金牌战士"等节目中一睹能人风采。要做吃苦的先行者，只要在本职岗位上努力付出，全心投入，刻苦钻研，人人都能学习成才。

范仲淹求学时在长白山和尚屋里读书，每天煮玉米三升，放在一个容器里，第二天就凝结成一大块，用刀划分成四份，早晨晚上各取两块加热后吃，生活非常清苦，凭着这份艰苦学习的劲头，三年后他如愿考中了进士。一度热播的韩剧《大长今》中，长今的聪明让所有人折服，但她的吃苦耐劳精神更让人动容。韩尚宫派长今伺候年迈卧病在床的老尚宫。土雨来临时，只有她做到了每天从天不亮就烧水洗碗直到深夜；她寻找100种水，采100种野菜，并分辨哪些可以吃，哪些是有毒的，通过自己的勤奋刻苦掌握了画出食物味道的本领。靠着一步一个脚印的勤劳苦干，长今从小宫女一直做到"三品"并任皇帝的主治医生。范仲淹和大长今的求学经历正是应验了"吃得苦中苦，方为能上能"这句话。

尽最大力——与恐慌结良缘。在学习的问题上，成绩多少并不重要，重要的是你付出多少；能力高低并不重要，重要的是你目标多高。学习首先要有动力，这种动力从本领恐慌中来。有一个故事能很好地说明这一点，有个猎人一枪击中了一只兔子的后腿，受伤的兔子拼命地逃生，猎狗在其后穷追不舍。可是追了一阵子，兔子跑得越来越远了。猎狗只好放弃了。兔子逃生回家后，兄弟们都惊讶地问它："那只猎狗很凶，你又受了伤，是怎么甩掉它的呢？"兔子说："它是尽力而为，我是竭尽全力呀！它没追上我，最多挨一顿骂，而我若不竭尽全力地跑，可就没命了！"正因为兔子有丧失生命的恐慌，才最终成功摆脱猎狗的追捕。不妨学一学兔子这种危机意识，自我加压，点滴时间分秒必争，攻关解难全力以赴，在学习上孜孜以求。

怀有恐慌贵在自省。著名企业家李嘉诚曾经说过："做生意不需要学历，重要的是全力以赴。"全力以赴意味着永不满足，学习不息；永不停顿，奋斗不止。24岁的海军军官卡特应召去见海曼·李特弗将军，结束谈话时，将军问他学习成绩怎样，卡特自豪地说："将军，在820人的一个班中，我名列59名。"将军皱着眉头问："你竭尽全力了吗？"卡特回答说他并不总是竭尽全力的。将军大声质问："为什么不竭尽全力呢？"并盯了他许久。这话就像当头一棒，给卡特以终生的影响。从此，他事事竭尽全力，后来成为美国总统。完全可以这样说，当你竭尽全力干一件事的时候，成功也就离你越来越近。所以，当你学习成绩并不理想时，当你每次考核落后于人时，当你感觉良好沾沾自喜时，要问一问自己，对待一件事有没有尽最大力，是否多了自我满足，少了危机感。不论何时何地，都要善于在形势大好时保持清醒，在发展受挫时适时检视，在暂时领先时扬长补短，在失利落后时主动反省。

尽全力贵在挖潜力。有人说，凡事我尽力而为，看似积极，实则给自己留以失败的空间、消极的借口，因为尽力而为并不是竭尽全力。在美国西雅图有一位德高望重的牧师戴尔·泰勒。他向教会学校一个班的学生们郑重其事地承诺：谁要是能背出《圣经·马太福音》中第五章到第七章的全部内容，就邀请谁去"太空针"高塔餐厅参加免费聚餐会，因为要背诵的内容有几万字，而且不押韵，难度很大。尽管参加免费聚餐会是许多学生梦寐以求的事情，但是几乎所有的人都浅尝辄止，望而却步了。几天后，班上一个11岁的男孩却从头到尾按要求背了下来，竟然一字不落，泰勒牧师在赞叹的同时，不禁好奇地问："你为什么能背下这么长的文字呢？"男孩不假思索地回答道："我竭尽全力。"16年后，那个男孩成了世界著名软件公司的老板，他就是比尔·盖茨。

这个故事启示我们，每个人都拥有极大的潜能。正如心理学家所指出的，一般人的潜能只开发出来了2%～8%，像爱因斯坦那样伟大的科学家也不过只开发了12%左右。如果一个人开发出自己50%潜能的话，他就可以背诵400本教科书，学完十几所大学的课程，掌握20多个国家的语言。要想创造奇迹，就不能给自己预留后路，找寻理由，而要把尽力而为变成竭尽全力。

抗最大压——与挫折掰手腕。人一生中不可能不遇到挫折和压力，特别是快速发展的现代社会，日新月异，竞争异常激烈，各种挫折和压力无所不在。学习也是一样，有课程就有考核，有学员就有比拼，有单位就有竞争，学习压力也无所不在。当然，压力是需要的，俗话说，"人无压力轻飘飘，井无压力不出油"，一定程度上，压力来自机遇挑战，压力催生动力，创造奇迹。压力又总是与挫折相伴，抗压的过程也是受挫的过程，需要我们视挫折为财富，乐于承受；视挫折为对手，勇于战胜。

伟人之所以能成为伟人，与其承受的压力和挫折是分不开的。挫折就像一块石头，对于弱者来说是绊脚石，让他趴倒不起；而对于强者来说却是垫脚石，使他站得更高。从中我们应树立信心，压倒一切困难，排除一切干扰，始终压不倒、拖不垮，做到困境面前不退缩，压力面前不低头，挫折面前不弯腰。

抗压受挫积聚力量。与压力挫折作斗争相抗衡的过程，也是积聚智慧、提升能力的过程，压力越大提升越快。在美国麻省理工学院进行过一项实验，用很多铁圈将一个小南瓜箍住，以观察南瓜逐渐长大时承受的压力有多大。在实验的第一个月，南瓜承受了五百磅的压力；第二个月时，南瓜承受了一千五百磅的压力，最后当研究结束时，整个南瓜承受了超过五千磅的压力后才瓜皮破裂。他们打开南瓜发现它已经无法再食用，因为它的中间充满了坚韧牢固的层层纤维。

　　抗压受挫也需要牺牲。亚马逊草原上有种飞得最高的雕鹰，它是这样训练出来的：在小鹰很小的时候，老鹰就不断地将它们的翅膀折断，然后将小鹰推下悬崖，它们只有忍着剧烈的疼痛拼命向上飞，否则将会因为没有及时飞起而摔死，也正是因此，训练成功的雕鹰都会飞得很高。可见，温室里孕育不了辽阔绿野，经历风雨的荒野中才能培植参天大树。学习也好，成长也罢，都离不开挫折的历练，甚至需要以牺牲为代价。习惯做一个不怕失败不畏牺牲勇于挑战的人，那么幸运和成功将不期而至。

贵在正品修德

道德是社会的底色，是时代的命脉，是民族的灵魂，也是国富民强的精神坐标。中华民族自古推崇"为政以德""吾日三省吾身""吾养吾浩然之气""修身、齐家、治国、平天下""格物致知"等道德主张。做人重人品、为官讲政德，是维护社会公序良俗的基本要求，也是一个人的立身之本、从政之基。

注重品德修养是中华民族的优良传统。"为人民服务"是嵌入时代灵魂的道德观，要求"做一个高尚的人，一个纯粹的人，一个有道德的人，一个脱离了低级趣味的人，一个有益于人民的人。"面对纷繁复杂的社会现实，务必把加强道德修养作为人生重要的必修课。品德建设是整个社会道德建设的风向标。

"国无德不兴，人无德不立。"品德修养是人生观、价值观的重要内容，讲道德是保持思想先进性和纯洁性的必然要求。在新时代，品德修养集中体现在明大德、守公德、严私德的培育上。从其中逻辑上看，大德是高线问题，公德是基线问题，私德是底线问题，大德、公德、私德是一个相互作用、相互影响的统一整体，不可偏废。

"天下至德，莫大于忠。"要心怀忠诚明大德，自觉铸牢理想信念、锤炼坚强党性，在大是大非面前旗帜鲜明，在风浪考验面前无所畏惧，在各种诱惑面前立场坚定，做到思想上清醒坚定，行动上看齐追随，执行上坚决果敢。

"大道之行也，天下为公。"要奉献为民守公德，不忘初心和使命，不断强化为人民服务的宗旨意识，积极回应群众对美好生活的向往，在思想上尊重群众、感情上贴近群众、行动上服务群众，像焦裕禄一样"心中装着全体人民，唯独没有他自己"，像谷文昌一样"不带私心干革命，一心一意为人民"，像郑培民一样"做官先做人，万事民为先"，全力打好打赢"三大攻坚战"，让广大群众拥有更多获得感。

"堤溃蚁孔，气泄针芒。"心中要有戒严私德，坚持戒贪止欲、克己奉公，始终不放纵、不越轨、不逾矩，在慎初、慎独、慎微、慎友中修身养德，注重从小事小节上加强修养，时刻正心明道、防微杜渐，在一点一滴中完善自己。

厚德，是一种品格

中华民族自古尊崇道德，谓之"德者，得也"。《易经》中"不恒其德，无所容也"，说的是人若不能永远保持高尚的道德，就无法立身于世间。拥有了高尚品德，就会如《诗经》所说："高山仰止，景行行止。"孔子创立的以"仁"为核心的道德学说，更是长久以来影响着中华民族的历史。可以说，道德观念贯穿于人的思想灵魂，构建着人的精神高地，厚德既是内心归属，也是价值追求。

厚德修心。注重身心修养的人，充盈着道德的光芒，奉信仰而不失志向，怀正气而不失魅力，有良知而不失大爱。

德厚才能内心充实。明代罗隐曾言："不患无位，而患德之不修也。"道德品质高尚，必然会以坚定政治信仰、追求崇高理想、培养良好品行为目标，并会为之孜孜以求，奋斗不已。不难想象，在这追求崇高的过程中，思想觉悟不断提升，内心会充满智慧；思想困惑逐步消解，内心会充满阳光；思想品德悄然厚实，内心会充满喜悦。

德厚才能净化灵魂。道德要求来自不同环境岗位和角色定位的有序规范。它虽然不是强制性的，但却是挥之不去的无形约束。也正因为道德是软约束，它才触及灵魂深处，考验着人格风范，拷问着天地良心。我们每个人，既是职员，也是公民，既是家庭成员，也是社会一员，无疑要注重修养"三德"：遵守社会公德，在认同公序良俗中行我为人人之美，在己所不欲自问中怀勿施于人之心。恪守职业道德，爱岗如爱家，勤业更精业，尽责更尽心。坚守家庭美德，感恩父母，孝老谢养育，一生勿相忘；夫妻恩爱，举案齐眉，相敬如宾；悉心育子，以身为范，严父慈母。自觉践行这些理念，既能提升自我，又能为他人带来美好的感受。

德厚才能胸怀宽阔。大气和大度来自思想的高度，更来自品德的厚度。正所谓德高才能望重，德厚方能包容。无论是儒家的"仁者爱人"，还是墨家的"兼爱"，无论是基督教《旧约》中的"爱你的邻居"，还是佛教的"慈悲为怀"，都可以找到自立立他、德行天下的影子。积累良好品德，如同构筑个人的精神大厦，使得身外各种流言蜚语、恩怨情仇有了容身之处。只有道德修养到达一定的境界，才能真正有"将军额头能跑马，宰相肚里能撑船"的非凡气度；才能忍辱负重、以德报怨，获得化敌为友、人心所向的结果；才能将生死名利置之度外，怀有人间大爱。

厚德凝气。道德是气质涵养的修炼，是人格精神的凝聚，发之于心，不止于气。

催生涌动不息的蓬勃朝气。俗话说，做事一时新鲜。这话不无道理，世上的人和事，虎头蛇尾比比皆是，半途而废不乏其人，也告诉我们保持长久的动力并非易事。为名利生存而熙熙攘攘的今天，或人心浮躁、急功近利，或醉生梦死、不思进取，直至心未老而先气衰，蓬勃朝气已成为时代呼唤和人生渴求。当人们普遍意识到信仰的缺失并大声疾呼时，道德修养却是一剂渐为人知的精神良方。

积聚奋发进取的昂扬锐气。良好的道德品行不仅能改善人的气质涵养，还能激发积极向上的荣誉感、责任感。这种精神具有遇挫不馁、不懈奋斗的勇气，具有不甘落后、力争上游的毅力，具有求高求变、创新图强的时代特征。直接表现在自发、自觉地为国家利益、集体荣誉增光添彩，在工作事业、本职岗位中创优争先，在个人学识、能力素质上永不满足。

培养贞守品节的浩然正气。孟子以"富贵不能淫，贫贱不能移，威武不能屈"自勉。英国著名散文家艾狄生也说，世上没有比正义更伟大、更神圣的美德。古往今来，正义的气节都是品德高尚者的精神名片。文天祥用凝聚赤胆忠心的道德操守写下了"人生自古谁无死，留取丹心照汗青"的千古绝唱。于谦用一生两袖清风的人品官德留下了"粉身碎骨浑不怕，要留清白在人间"的百世流芳。梁衡在纪念周恩来同志诞辰 100 周年的文章中，用了"六无"来评价周恩来：死不留灰、生而无后、官而不显、党而不私、劳而不怨、去不留言。这 24 个字彰显的是一个共产党员大公无私的浩然正气，也高度概括了周恩来彪炳史册的崇尚品德和道德风范。不胜枚举的事实完全可以让我们感悟：品德高洁，必能坚守信仰尊严。

厚德载物。《易经·大象篇》中曰："天行健，君子以自强不息；地势坤，君子以厚德载物。""厚德载物"的内涵深刻，被很多人奉为人生哲理和修行准则。厚德载物同样是一种系于使命担当的道德操守，需要躬身践行，载行载道。

承载复兴强国的使命。"国家兴亡，匹夫有责"，作为中国人，不应忘却祖国忧患。厚重的品德承载精业强能。精业是每个人不容置疑的品德，应以熟练本职业务、精通岗位技能为己任，做到干一行、爱一行、钻一行、精一行。

承载立德树人的责任。造化于人是德的重要功能。党员干部作为"德才兼备"的示范者，对部属、身边人的成长进步、全面发展负责是应有之义。要行兄长之责，同一事业追求决定了五湖四海皆兄弟，要自觉以情相处，不分亲疏远近、贫穷富贵，做到友爱同手足，帮人不遗余力。要行师长之责，悉心帮助部属，善于用创新理论引领，以传统精神熏陶，借艰难困苦磨砺，靠严格纪律约束，走出去才敢为社会栋梁。

承载引领风尚的担当。道德的核心内容是价值观。无论是儒家倡导的"修身、齐家、治国、平天下"，还是西方推崇的"自由、民主、人权"，均有其合理可取之处，但又不同程度地存在思想糟粕和精神霸权。另一方面，道德的现实载体是大众文化。如果一个民族的文化如同韩少功所说的那样，"地摊上的色情和暴力比经典作品更畅销，在很多时候和很多地方不知是大众文化给大众洗了脑，还是大众使大众文化失了身"。那么，民族文化的价值导向是令人担忧的。

作为先进文化的追随者，要自觉走在全社会精神文明的前列。特别是思想多元的今天，这种责任显得更为重大。正如道德模范郭明义在接受采访时谈到的那样："今天的中国，正处在价值取向多元的时代，需要有一种道德力量，去影响带动更多的人。"而中国特色社会主义核心价值体系代表着当代中国的道德规范，是引领道德风尚的时代遵循。在深化道德规范理论认同、政治认同的基础上，每个人都要做这种核心价值观的忠诚信奉者、积极传播者、模范实践者，自觉担当忠诚使命、弘扬先进、教育群众的责任。

最是德缺自伤身

"有品德"是立身做人、从政为官的准则，是履职尽责、干好工作的基础，更是践行时代使命的铸魂课题。"不矜细行，终累大德。"现实生活中，要重视是非荣辱界限不清，言行举止失范的品德偏差，注重抓早抓细抓小，不断加强道德修养，提升思想境界，才能塑造高尚品格，永葆正直本色。

品德缺失最致命的是：思想迷茫、信仰迷失。理想信念动摇是最根本的动摇，思想道德滑坡是最危险的滑坡。无论我们职务高低、岗位大小，一旦放松思想改造、忽视品德修养，在小节上常失道德底线，操守上常丢人格形象，就容易价值追求偏移，道德底线失守，迷失立场方向。这要求我们坚决不当三种人：不当阳奉阴违的"两面人"，杜绝对共同事业"亚忠诚""伪忠诚"，严守政治纪律和政治规矩不打折扣，人前人后一个样，说的做的不变样。不当丧失立场的"老好人"，在民主生活中批评领导不怕"穿小鞋"，批评同级不怕伤和气，批评下级不怕失选票，自我批评不怕丢面子。不当名不副实的"稻草人"，摒弃身在岗位不愿牺牲奉献、身为骨干不做先锋表率、身居要职不敢担当作为的精神"软弱"，不当不思进取的"撞钟和尚"，不做低调隐忍的"崂山道士"。

品德缺失最耻辱的是：疏于担当、庸碌无为。曾国藩《治心经》中有这么一句话：“以苟活为羞，以避事为耻”，这告诉我们，遇事不敢担当，在岗位无所作为是失德、失职的表现。岗位与使命同生，身份与责任同在。勇于担当、主动作为既是从政为官的一种荣耀，也是立身做人的可贵品德。当前，有人把“啥都不干，难找缺陷；不做事情，不担风险”作为座右铭，班长骨干不愿当、大项任务往后躲、遇到难题绕道走，工作中推诿扯皮、敷衍塞责、上推下卸，很重要的一个原因就是缺少担当。要以勇敢和担当作为肩扛使命的优良品德，敢字为先、干字当头，勇于担当、善于作为，以挺身而出为荣，以瞻前顾后为耻，充分发扬斗争精神，才能在经风雨、见世面中长才干、壮筋骨，练就担当作为的硬脊梁、铁肩膀、真本事。

品德缺失最危险的是：心为物役、人为利惑。孟子曾讲：“富贵不能淫，贫贱不能移，威武不能屈，此之谓大丈夫。”身处快速发展的经济社会，我们面临的物质与利益的反差、职业与待遇的落差更为突显，各种腐朽思想文化和生活方式的侵蚀不可避免，但绝不能成为各种诱惑的奴隶，干出卖自己灵魂的事。必须摆脱低级趣味、戒除不良嗜好，做到小恩小惠不动心、物质待遇不攀比。

品德缺失最有害的是自降人格。有品德是保持本色、树好形象的保证，它反映出对真善美的人生态度，是衡量生活情趣的标准。有品德与趋炎附势、低级趣味、铺张奢靡等是格格不入的，对自身的品行修养打了折扣，就是对自己的人格形象打了低分。汉文帝时有个叫邓通的人，除了会划船，“无他能”，唯有“独自谨身以媚上而已”，并因此而得到汉文帝的信任。有一次，汉文帝患病生疮，邓通便“常为帝吸吮之”，用嘴将疮中的脓血吸出。虽然邓通成了“财过王者”的暴发户，但失去了做人的品德、做人的尊严，被后人耻笑。因此，必须摒弃“虚浮假”，坚决反对低俗、媚俗、庸俗，以良好的品质影响他人，获得他人的信任。

　　"小成在智，大成在德。"良好的品德操守核心要义就是要明大德、守公德、严私德，情趣高尚、品行端正，实现弘扬传统与引领风尚的统一，做到净化灵魂与永葆本色的相融。

松鞋带的启示

————————

有这样一个故事。

一位表演大师临上场前，他的弟子告诉他鞋带松了。大师点头致谢，蹲下来仔细系好。等到弟子转身后，又蹲下来将鞋带放松。有个旁观者看到这一切，不解地问："大师，您为什么又要将鞋带放松呢？"大师回答道："因为我饰演的是一位劳累的旅者，长途跋涉让他的鞋带松开，可以通过这个细节表现他的劳累憔悴。""那你为什么不直接告诉你的弟子呢？""他能细心地发现我的鞋带松了，并且热心地告诉我，我一定要保护他这种积极性，及时地给他鼓励，至于为什么要将鞋带松开，将来会有更多的机会教他，可以下一次再说啊。"这则故事虽小，却折射出表演大师待人处世的周全。

一些新员工或初来乍到的同志，对自身的岗位和工作不够熟悉，常有疑问之处，甚至问出被认为是没水平的问题，这时不少干部骨干往往会采取不屑一顾的态度，要么以老师自居训斥一通，要么颇辱人格地取笑一番。其实这样做的弊端不小，如果处处找他们的问题，打击了他们的工作积极性不说，更压抑了创新精神，使他们不再敢随意谈论自己的想法，即使发现问题也顾忌闹笑话，于是不懂装懂、视而不见、盲目附和，这无论是对员工本人还是对单位都是一个隐患。

身边的同事或部属，是我们完成工作任务必须依靠的主体力量，依靠他们、尊重他们就需要借鉴一下大师的做法。学会尊重肯定。大师有着尊重他人的气度，听从弟子意见系鞋带是一种尊重，不当面教训是一种尊重，在背后松鞋带也是一种尊重，这不仅保护了弟子的自尊心，也让弟子有洞察发现的成就感。我们身边的同事和部属又何尝不是如此，需要呵护其发自内心的积极想法，让他们提问题、谈看法，勇于发表意见。

学会看长帮短。应该说大师善于发现弟子的长处，他发现了弟子谨小慎微的细心、主动告知问题的热心、希冀表演成功的集体荣誉感，而对于弟子的不足却用耐心和长远的眼光去看待。同样，怎么看待部属其实体现了领导的基本素养，要善于发现下属的闪光点，细心地帮助下属，在欣赏包容、鼓舞激励中教育、引导他们。

大师说了一句"我一定要保护他这种热情的积极性"，其实保护的不仅是弟子的积极性，更是一种敢于直言的态度。下属敢于发表意见，更能为团队创造出一个团结、轻松、合作的氛围。

1797 年的两个诺言

中国有句成语叫"一诺千金",说的是秦末有个叫季布的人,一向说话算数,信誉度非常高,许多人都同他建立起深厚的友谊。当时甚至流传着这样的谚语:"得黄金百斤,不如得季布一诺。"所谓"一言既出,驷马难追",信守承诺也成为做人处世的美德和操守。

同样的主题,流传着不同的故事,以深刻的寓意昭示后人。在纽约的河边公园里矗立着"南北战争阵亡战士纪念碑",每年有许多游人来祭奠亡灵。美国第十八任总统、南北战争时期担任北方军统帅的格兰特将军的陵墓就坐落在公园的北部。格兰特将军的陵墓后面,靠近悬崖边的地方,还有一座极普通的一个小孩子的墓。在墓碑和旁边的一块木牌上,记载着一个感人至深的故事:

故事发生在 1797 年。这一年,这片土地的小主人才 5 岁时,不慎从这里的悬崖上坠落身亡。其父伤心欲绝,将他埋葬于此,并修建了一个小小的墓,以作纪念。数年后,家道衰落,主人不得不将这片土地转让。出于对儿子的爱,他对土地新主人提出一个奇特的要求,要求新主人承诺把孩子的墓地作为土地的一部分,永远不要毁坏它。新主人答应了,并把这个条件写进了契约。就这样,孩子的陵墓就被保留了下来。

沧海桑田，一百年过去了。这片土地不知道辗转卖过了多少次，也不知道换过了多少个主人，孩子的名字早已被世人遗忘，但孩子的墓碑仍然还在那里，它依靠一个又一个的买卖契约，被完整无损地保存下来。到了1897年，这片地被选中作为格兰特将军陵园。政府成了这块土地的主人，无名孩子的墓在政府手中完好无损地保留下来，成了格兰特将军陵墓的邻居。一个伟大的历史缔造者之墓和一个无名孩童之墓毗邻，这可能是世界上独一无二的奇观。

一百年后的1997年，为了缅怀格兰特将军，当时的纽约市长朱利安尼来到这里。他亲自撰写了这个动人的故事，并把它刻在木牌上，立在无名小孩墓的旁边，让这个关于信守承诺的故事世世代代流传下去……

同样是1797年，法兰西总统拿破仑在卢森堡第一国立小学演讲时，把一束价值3路易的玫瑰花送给该校的校长奥杰森，并说了这样一番话："为了答谢贵校对我，尤其是对我夫人约瑟芬的盛情款待，我不仅今天呈献上一束玫瑰花，并且在未来的日子里，只要我们法兰西存在一天，每年的今天我都将派人送给贵校一束价值相等的玫瑰花，作为法兰西与卢森堡友谊的象征。"

拿破仑离开后，奥杰森将拿破仑的演讲资料、照片整理后，作为珍品放进了学校档案室，每年校庆都会说说此事。从此，卢森堡这个小国就对这"欧洲巨人与卢森堡孩子亲切、和谐相处的一刻"念念不忘，并载入史册。

可是，拿破仑第二年就率领法军入侵埃及，随后穷于应付连绵的战争和此起彼伏的政治事件，并最终因失败而被流放到圣赫勒拿岛，也把对卢森堡的承诺忘得一干二净。

令人想不到的是，拿破仑去世163年后的1984年底，卢森堡人却旧事重提，向法国政府提出"赠送玫瑰花"的诺言，并且要求索赔。他们提出两个方案供法国政府选择：要么从 1798 年起，用 3 个路易作为一束玫瑰花的本金，以 5 厘复利利息全部清偿；要么在法国各大报刊公开承认拿破仑是个言而无信的人。这无异于给法国政府出了一道难题。

法国政府当然不会去做有损拿破仑声誉的事，但电脑算出来的数字却让他们惊呆了：原来拿破仑的许诺，至今本息已高达 1375596 法郎。最后，法国政府绞尽脑汁，才想到一个让卢森堡比较满意的答复，即"以后无论在精神上还是物质上，法国将始终不渝地对卢森堡大公国的中小学教育事业予以支持和赞助，来兑现我们的拿破仑将军一诺千金的玫瑰花诺言"。也许拿破仑至死也没想到，自己一时"即兴"的言辞会给法兰西带来这样的尴尬。

1797 年的两个故事，都给人以有益的启示。人无信而不立，讲信誉是一个人不可或缺的品质，信守承诺也是一个人最基本的品格。人与人之间交流往来，切不可信口开河，言而无信；世间事说易做难，必须"言必信，行必果"。

此时无声胜有声

　　1949 年 5 月一个细雨的清晨，上海市民推开门，看见了让他们一生都忘不掉的画面，刚经历一场夜战的解放军战士露宿街头，用蜷缩的身体坚守着秋毫无犯的神圣，无声的画面定格成永恒，却强烈震撼并征服了民众的心。其实这样的无声画面并不鲜见，战火纷飞的战争年代，衣着极其朴素的解放军战士驻营在老乡家里，经常在深夜悄然离开，他们把水缸的水挑满，把住处打扫干净，上好曾经当床的门板，让乡亲们由衷赞叹。

　　第二届世界互联网大会期间，执行安保任务的解放军及武警部队暂时驻扎在乌镇的学校中，当官兵离校之后，窗明几净的教室留下了漂亮得让人舍不得擦掉的黑板报，其中有《强军战歌》的曲谱与歌词，写下了对师生的感谢和期许，还在每个抽屉里放了苹果，这静静的画面同样散发着一种无声的震撼。"大音希声，大象无形。"相信这一幕是最美的画面，也是最打动人心的教育，不仅感动了乌镇的师生，也同样触动着我们每一个人。

　　此时无声胜有声。这种无声，不是"执手相看泪眼，竟无语凝噎"的伤感，也不是"夏虫也为我沉默，沉默是今晚的康桥"的浪漫，而是另一种无可比拟的美，美在用《强军战歌》表达报国强军的志向，用水乡版画抒发对任务驻地的赞美，用质朴书信传递期盼成长的关爱，用慰问水果寄托军民鱼水的深情，又一次展示了这支承载光荣一路走来的文明之师的时代"颜值"。谁说"当兵的"不再是最可爱的人？谁说革命英雄能够被肆意亵渎？这种无声，实际上是对冷漠心灵的一种悄然唤醒，是真善美对假恶丑的进攻。

无声里面有文章。解放军官兵用严整的军容、过硬的素质作风展示使命担当的上篇文章，也在用教书育人的乌镇课堂展示流水有痕的下篇文章。毛泽东曾说："要让群众真正了解我们，就得靠我们自己的行动，行动是最好的宣传。"德国教育家第斯多惠也说过："教学艺术不在于传授的本领，而在于激励、唤醒、鼓舞。"这种无声，就是一种行动和激励，胜过刻意宣传，超越自我标榜的演说夸赞，高于苦心灌输的教育说教。相信给予我们启示，在我们心灵深处，亦需要这样一种无声的境界，去传递精神与灵魂的不凡意义。

来自乌镇课堂的无声，绝非"闲花落地听无声"，而是"于无声处听惊雷"。从执行乌镇安保任务的军队表现也不难看到，核心价值观的塑造培育，时时处处皆阵地。只有把想法落在实处，让工作生活的每一处都发挥积极的教育功能，让每一分每一秒都充盈真善美的气息，那么，万物皆可为我所用。

只有与时代要求合拍，与群众心灵共振，走进人们心坎里"搭台唱戏"，才能真正植根灵魂，产生深远影响。

儿孝父母笑

孝文化是中华民族传统文化的重要组成部分，在新的历史时期应赋予"孝"以新的时代内涵，教育引导青年在感恩中图报，在敬业中尽孝。

感恩父母爱。古人云："慈母手中线，游子身上衣。临行密密缝，意恐迟迟归。谁言寸草心，报得三春晖。"父母的爱是伟大的，也是无私的，千百年来为人们所称颂。它如阳光般温暖，如丝丝甘霖滋润心灵，如港湾令人安心。

2009 年 11 月，有这样一位母亲，她被称为"暴走妈妈"。她就是普普通通的 55 岁武汉妇女陈玉蓉，她的行为给"母爱"这个神圣的字眼再次镀上金边。历经 7 个月的暴走锻炼，陈玉蓉将半块健康的肝脏"托付"给儿子，再燃儿子的生命之火。

31 岁的儿子叶海斌 13 岁那年被确诊为一种先天性疾病——肝豆状核病变，生命垂危。陈玉蓉决定捐肝救子，但检查发现她患有中重度脂肪肝，脂肪肝细胞占 50％～60％。最终，专家认为陈玉蓉不适合进行捐赠手术，移植手术被取消。在得知减肥能治好脂肪肝，就能进行移植手术后，陈玉蓉下定决心"我下死力气减肥"，"一定要在最短的时间里锻炼出一个健康的肝！"从此，她开始拼命锻炼。每天早上5点钟不到，陈玉蓉就从家里出发，晚上一吃完晚饭也出门锻炼。

从2009年2月18日开始，整整211天，谌家矶长长的江堤上每天早晚都会出现一个瘦瘦的、急速飞奔的身影，而且风雨无阻。除了每日暴走，陈玉蓉也近乎严苛地控制自己的饮食：每餐只吃半个拳头大的饭团，青菜只用水煮，不放油，"有时候真饿，想吃块肉，但一想到儿子，我还是忍了"。7个多月后，陈玉蓉走了4双鞋，脚上长满老茧。

9月21日，她再次走进同济医院进行肝穿检查。奇迹发生了：陈玉蓉的脂肪肝细胞所占小于1%。脂肪肝消失了！专家连声感叹：通过锻炼节食治疗脂肪肝，通常都需要数年时间才可治愈，"能在短短7个月内消除重度脂肪肝，如果不是有坚定的信念和非凡的毅力，肯定做不到"！为了给儿子捐出一个健康的肝，7个月舍命"暴走"2100多公里，体重减掉8公斤，重度脂肪肝完全消除。陈玉蓉家门口的4双破鞋，见证了一段感天动地的母爱。从中我们可以看出，父母的爱是那么不顾一切。爱得无私而崇高，而我们需要做的就是两个字：感恩。

我们应该感谢父母的养育之恩，常想父母含辛茹苦的不易，常思父母节衣缩食、倾其所有的无私，常念父母无微不至、关怀备至的温暖；应该感谢父母的教诲之恩，从咿呀学语到蹒跚学步，从严厉苛责到鼓励欣赏，从生活常识到做人道理，从专业技能到生存之道，无所不教；应该感谢父母的奉献之恩，总是不辞劳苦为子女操持人生大事，不计得失为儿孙成长悉心照料，不惜代价为病子付出生命健康。

孝敬不能等。《诗经·小雅·蓼莪》中说："父兮生我，母兮鞠我……欲报之德，昊天罔极。"意思是说，父亲养育我，母亲哺育我，出去回来都让我肚子饱饱的，我想报答他们的恩德，但那恩德比天还大，如何报答得了。俗话说：百善孝为先。人的一生，有三个不能等：孝顺父母不能等，孩子教育不能等，身体有病不能等。孝顺是排在第一位的。名利重要，但亲情更重要，工作再忙，但孝心不能少，作为儿女，即使不能常回家看看，也要时常惦记问候，不要留下"树欲静而风不止，子欲养而亲不待"的遗憾。

"贵州第一孝子"的人生蜕变

2008年，一则《贵州孝子千里背母临沂求学》的新闻轰动全国，主人公刘秀祥感动了千万人。16年过去了，那个当年背着母亲上大学的孩子怎么样了？如今，他是党的二十大代表，"中国青年五四奖章""全国最美教师"称号获得者，曾两次入选"中国好人榜"，已成为贵州省黔西南州望谟县实验高中党总支副书记、副校长。

一、"人活着，应该让人可亲、可佩、可敬"

1988年，刘秀祥出生在贵州省望谟县的一个小山村。4岁时父亲因病去世，10岁时哥哥和姐姐相继外出谋生。刘秀祥从小学三年级起，就和因患病失去生活自理能力的母亲相依为命，成了家里唯一的劳动力，于是他边读书边撑起支离破碎的家。

年少的刘秀祥从没有把母亲当作累赘，反而非常孝顺。白天上学，晚上捡废品，周末打零工、挖药材，工地、饭店、山野、水电站、矿场……都有他为维持生计而奔忙的身影。为了挣学费不分白天黑夜，白天10小时一个班，晚上干8个小时，几乎不睡。初中三年，他住在用稻草搭起来的屋子里，屋前空地上有个坑，架一口锅就是厨房；高中三年，他带着母亲住在租金 200 元、四处透风的猪圈，一放假就去抬钢筋，多次从脚手架上摔下。就这样，刘秀祥也没有向磨难低头，而是咬着牙直面人生的考验，凭借顽强的毅力读完了中学。

高考前一周，刘秀祥发烧了，最终差了 6 分和大学失之交臂。绝望的他甚至想过离开这个世界，是日记里的一句话让他重拾继续拼搏的信心："当你抱怨没有鞋穿的时候，你回头一看，发现别人竟然没有脚。"2008 年，刘秀祥如愿考上了临沂师范学院，收到录取通知书时，他激动地抱住母亲大哭了一场。

开学前，他一手搀着母亲，一手将巨大的编织袋挂在胸前，千里迢迢去报到。这一幕被媒体拍下，刘秀祥带母求学的故事感动了人们，全国多家媒体都对这个"贵州第一孝子"进行了报道，社会各界的捐助也随之而来。但刘秀祥拒绝了，他说："人活着，不应该活得让人同情，让人可怜，而是应该让人可亲、可佩、可敬。"所以他偷偷跑到大学邮局把所有报纸都买走了。

大学四年，他每天三点一线：上课、照顾母亲、摆地摊，兼职酒吧服务生、宾馆服务员……他不仅赚出了母亲的治疗费，还资助了 3 个和他同样家庭困难上不起学的弟弟妹妹。2012 年，刘秀祥大学毕业，有人开出 55 万元的年薪聘请他，他又拒绝了，最后靠自己的努力，在一家保险公司工作。

巴尔扎克说："不幸，是天才的晋升阶梯，信徒的洗礼之水，弱者的无底深渊。"对刘秀祥而言，他的选择无疑是前者。在他的心目中，一个人的前途命运只会为不服输的劲头改变。在苦难中坚持，在艰辛中历练，不向厄运低头，不为坎坷让路，机遇和幸运之门终会悄然打开。在他的字典里，一个人的困难挫折不是向社会索取的理由，只有靠自己才问心无愧。在他的征途上，一个人的成长之路有追求才有诗和远方。

二、"一个都不放弃，一直都不放弃"

拼命走出大山的刘秀祥，本可就此留在大城市打拼，结束曾经的苦难。然而一个电话却彻底改变了他扎根城市的想法，决定带着母亲重回大山。原来，一同捡废品的妹妹当时初中刚毕业，她在电话里哽咽地说不想念书了，准备打工。他苦口婆心地劝说却无济于事，刘秀祥突然意识到，可能还有很多像妹妹一样的人，被迫或主动辍学，从此被大山挡住了眼界，也挡住了未来。

于是，刘秀祥放弃了他吃了无数苦才换来的机会，决定回大山当老师，他要回去点燃孩子们的梦想。2012年，他回到望谟县，成为一名历史老师，最多时担任5个班的历史老师和3个班的班主任，同时也开始了长达10年的劝学路。

刘秀祥骑着摩托车把自己的故事录入小喇叭，走村串寨，转了200多个村组。摩托车的轨迹遍布整个县城，最远单程骑行4个多小时。年少时的刘秀祥，最讨厌将身世说给别人听，如今他却活成了自己最"讨厌"的样子，四处讲自己的故事，只希望能打动那些家长和孩子，鼓励他们通过读书改变命运。

他发起"助学走乡村行动"，却遭到不少学生家长的抵制。有些家长总觉得读书无用，有些家长一听到他的摩托声，远远地就关上了门。刘秀祥吃了无数次闭门羹，甚至被人放狗驱赶，连人带车摔下山坡，磕破了头，至今还留有疤痕。但他从不气馁，有的家庭他去了20多次，直到他们把孩子送回学校。10年间，他骑坏了8辆摩托车，劝回1800多名学生重返校园，并帮他们圆了大学梦。

劝学期间，刘秀祥发现，劝回学校的孩子没过多久又不见了，主要原因是学生家里生活困难。为此，刘秀祥开始了助学活动，开始时自掏腰包，资助学生，由于捐资助学体量大，他开始四处借钱，甚至出去拉赞助，久而久之，就落下了"刘老师像乞丐一样到处乞讨"的名声。他说："为了这些孩子，我宁愿把尊严都丢掉。"

2018年5月以来，刘秀祥在网上发起"一个都不能少"的活动，帮助贵州省兴义市马岭镇、毕节七星关区石阡县的贫困山区孩子走出大山、走进城市……除了劝学，刘秀祥还在坚持一件事：公益讲座。刘秀祥的每场讲座，有个不成文的"规定"：演讲不要钱，但结束后希望主办方对口资助望谟县的两个学生。他全国巡回励志演讲1000多场，听众上百万人，牵线一对一资助贫困学子1700多人。

刘秀祥放弃高薪回馈家乡，始终坚持"向上成长必须从向下扎根开始"。他扎根山区、深耕基层、融入乡村，一心一意教书育人，不断释放青春活力，擦亮教育理想。始终坚持"一个都不放弃，一直都不放弃"。他宁失尊严，不失大爱，留下骑摩托车走村串寨、四处劝学的执着身影，更是展现了他的奉献情怀。始终坚持"唤醒教师和学生，唤醒家长和社会"。他坚持用自己的故事现身说法，用"有温度的教育"让更多的学子心怀梦想，走出大山，走向精彩的人生。

三、"永远相信奋斗的力量"

"人生要有梦想，要永远相信奋斗的力量。"办好人民满意的教育，缩小城乡教育之间的差距，让乡村与欠发达地区的孩子获得更高质量的教育，这就是刘秀祥的梦想。

2015年，刘秀祥接手了一个高一班级，当时这个班成绩很差：中考总分700分，但全班最高分只有258分，最低分100多分，没人认为自己考得上大学。

面对这个"烫手山芋"，刘秀祥没有丝毫退却，他坚信，育人不是育分数，而是育心。"苦难不能束缚灵魂，我们要相信奋斗的力量。""国家的未来在哪里？就在今天的课堂上！"他从端正学生学习态度和树立自信入手，循循善诱教导学生奋斗、读书的重要意义，并让所有学生都定下短期目标和长远目标。之后三年里，他陪学生上早读、下晚自习，带学生到家里吃饭、谈心。最后，中考成绩258分的学生在高考中考了586分，全班47名学生都考上了大学！

2018年，刘秀祥成为望谟县实验中学副校长，他每天早上6点准时到校，看学生的早餐情况、陪学生早读、巡查校园，然后开始上第一节课。没课时，他与各处室和教研组的老师交流工作。而到晚上等学生睡了、教师走了，他在学校公告群里发一张校园平安照才回家，忙碌的他每天只睡4个小时。教学之余，刘秀祥还主动参加"乡村青年教师社会支持公益计划"，帮助当地学校提高教育教学质量。

2012年，望谟县高考本科上线率仅为12.26%。10年后的2022年，望谟县本科上线人数达1302人，教育质量提升到黔西南全州前三。望谟县实验高中连续两年被评为"黔西南州教育工作先进单位"，也作为"小县办大教育、穷县办好教育"的典型响彻贵州。

教育兴则国家兴，教育强则国家强。刘秀祥把殷殷学子看作人生最漂亮的履历。教育学生无论是什么出身，都要靠努力实现人生意义；无论条件多艰苦，都要用奋斗点亮美好未来。他把大山深处视为乡村教育的高地，甘愿做山村学子的筑梦人，让他们"看得更远一些，走得更远一些"，奋力书写教育发展新篇章。从住猪圈的山里娃，到骑摩托劝学的历史老师，再到党的二十大代表，变化的是身份和岗位，不变的是责任和情怀，他坚定地做一束光，传递温暖，照亮梦想。

片儿警高宝来

他是同事口中的"宝来大哥",是孩子们眼中的"警察爷爷",是社区居民身边的"片儿警老高"。他把雷锋当偶像,埋头苦干、无私奉献,乐当爱岗敬业的时代楷模;他把群众当亲人,像一棵挡风遮雨的大树,贴心解难,传递真爱……他,就是北京市公安局海淀分局恩济庄派出所原社区民警高宝来。从警30多年,高宝来兢兢业业,先工作之忧而忧,后群众之乐而乐,在平凡岗位上书写人生传奇。2015年5月22日因肺癌去世,终年58岁。

同事眼中的他:延续雷锋精神的"老大哥"

"我非常热爱雷锋,也非常羡慕他那样的人生。像雷锋那样,把自己的一生毫无保留地贡献给人民,是我最大的荣幸……"这是18岁的高宝来在高中小结中写下的话。40年来,无论身份怎样变化,他始终不忘学雷锋当雷锋的初心。

19岁入伍当过4年兵的高宝来面对人生第二次选择说:"我舍不得这身制服,当警察是我延续人生理想的最佳选择。"俗话说,人往高处走,高宝来却是"人往低处走"。从北京市公安局治安总队到派出所，再到驻区民警，哪儿艰苦，哪儿危险，哪个地方别人最不愿意去，他都主动要求去。2004年，高宝来到海淀分局恩济庄派出所管起了固定资产。他挨个核实配发使用情况，连一把小小的手铐钥匙也没落下。

在济庄派出所警长徐振眼中，高宝来平日里话虽不多，但眼里却总有活儿。有时派出所辖区发生案件，即使不在他负责的社区，他也主动给自己加码，经常后半夜带着保安员巡逻。

所里的辅警何山，是高宝来的徒弟。他谈到，师父平常生活极为节俭，但见着群众有困难时，总是慷慨解囊。"2011年2月，一位到304医院看病的山东大嫂不慎丢失了携带的5000元看病钱，急得跪在地上大哭。师父了解情况后，二话不说，自掏腰包为大嫂垫付了3200元医药费。有一次我帮他整理东西时，看到了几张群众写给他的欠条，结果师父警告我：'你就当没有看见！'"

患病中，老高说话都很艰难，但还不忘小声叮嘱徒弟何山："山子，社区的狗证该年检了，千万别忘了；商户技防设备安好了，想着看效果；学校开学了，得常去转转。要是老天爷再给我一年时间，我就能咬着牙，把剩下的活都干完，不愧对这身警服。"

在高宝来病重期间，海淀分局政委刘少波曾前往探望。当问起高宝来最崇拜的人是谁，他说："我曾经是一名军人，现在又是一名人民警察，雷锋同志是我一生学习的榜样，是我心中崇敬的偶像。"

刘少波至今还保留着一张高宝来的"爱民联系卡"，与其他民警不同，高宝来的卡片名字和手机号码都是用"章"印的。因为发得太多，高宝来的电话总是不断，即使到了生命的最后时刻，他还在坚持接听电话，用短信与群众沟通。在他看来，百姓的事最大。

这家的车窗没关他要管，对可疑人员他要查……高宝来始终觉得，爱管"闲事"才是好警察。无论下社区还是在学校前执勤，高宝来永远着装整齐，"八大件"、执法记录仪、电台等警用装备一应俱全。对此，刘少波感慨地说："老高就是这种全情投入工作的人，他严谨认真、慎终如始，值得我们学习。"

"宝来大哥用自己的一言一行，守住了本分、守住了清贫、守住了灵魂、守住了忠诚。"同事侯占军谈到高宝来就满怀敬佩："他永远是我们学习的榜样。"据工作日志记载，驻区5年，高宝来甚至没休过节假日，更没在家过过一个踏实年。

高宝来走了，但他的精神还在延续。北京市公安局在全市203个小学校、幼儿园陆续创建了"高宝来爱民服务岗"，每到上学日，学校门口仍有一群"高宝来们"在忙碌。

孩子眼中的他：传递爱的"警察爷爷"

海淀实验小学紧邻北京西三环，每到上学和放学的时间，交通就会严重拥堵。自从学校将这个问题反映给高宝来后，每逢上学日的早上6点半，他都会准时出现在海淀实验小学门前疏导车辆，维护秩序，护送孩子安全入校，风雨无阻。拉开车门、接下孩子、关上车门，再把学生送到安全地带，每接送一个孩子，动作娴熟的高宝来只用7秒钟，大大缩短了车辆的停留时间。渐渐的，家长们开始主动把车停在他身边。高宝来帮家长和孩子开车门，用一个简单的动作传递了爱，也教会了孩子们如何去爱。

有一年冬天，四年级学生杜弈霖摔伤了腿，只能拄着拐杖上学。高宝来了解情况后，坚持背着他进校门，一背就是两个多月。两人亲得像爷孙俩。高爷爷总是亲切地叫他"拄拐杖的小帅哥"。杜弈霖伤好后第一件事儿就是跑到校门口跟高爷爷合影，并在照片上写着："亲爱的高爷爷，谢谢您对我的鼓励和帮助，我永远是您的小帅哥。"

　　"高爷爷总是默默地去帮助别人，不求回报。"即将上五年级的潘梓宣不会忘记，高爷爷为她打开车门的下雨天，那把一直遮在她头上的伞，那个后背被雨水淋透的身影。当好奇的潘梓宣问高宝来为什么从来不穿雨衣时，原来是"怕雨衣上的雨水会淋到我"。900多个上学日，高宝来用这种淋不湿的爱，把自己变成了穿警服的"流动安全岗"。

　　"爱，是可以传递的，只需要一个小小的动作，就可以触动人们心底的那份温暖……警察高爷爷就是这样的人，他把爱传给了我们每一个人。"五年级语文课时，老师布置了一篇命题作文"一个令人尊敬的人"，赵润泽在作文中写道："来，拉着我的手。"这句温暖的话语，让孩子们懂得如何去传递一份真挚的爱。

　　2015年春季开学，警察爷爷不见了。当他身患重病的消息传来，学校举行了"好人一生平安"的自发爱心捐款活动，孩子、家长、老师们纷纷解囊，一个上午就捐款36.4万元！孩子们还与"警察爷爷"相约：学校门前不见不散！但这一次，高爷爷却永远不能兑现他的承诺了。

辖区居民眼中的他：惯着群众的"片儿警"

　　高宝来常说："一个警察就像一棵树，扎根在哪儿，就要撑起一片天，为百姓遮风挡雨。"认识他的人都知道，老高的工作远不是朝九晚五，而是每一天、每一刻。

　　刚接管社区工作时，高宝来给自己定下"让群众随时都能找到我"的目标。为此，他自掏腰包印制了几千张"警民联系卡"，逐楼逐层敲门，挨家挨户去送，大事小情也记满了9个笔记本。高宝来从来都把百姓的事、别人的事看成天大的事。他常说："看见别人快乐，我就高兴。"为了别人的快乐，他几乎牺牲了自己所有的时间。

辖区里有条坑洼不平的老路，雨雪天满地泥泞。他发现后就坐不住了，从物业到居委会，从综治到市政，终于协调来了施工队，连夜把"堵心路"铺平垫好。

"社区工作就是良心活儿，不能图省事，要对得起社区的居民。"他看到天桥下车辆没关闭天窗，担心烟头掉入引发火灾，守在车旁直到车主到来；他怀疑乞丐带的孩子是被拐卖的儿童，认真细致地核实两人身份后才放行；他看到社区里的残障人士以捡破烂为生，就联系街道为其申请低保；他曾积极查找线索，帮助一名学生追回误打入他人账户的1万元学费。

社区民警的工作，接触的是家长里短，留下的是温暖余香。居民牛大姐，早年生活坎坷，心里缺乏安全感的她多次拨打报警电话，影响了邻里关系，大伙都不愿和她打交道，唯独高宝来不排斥，还成了她家里的常客。在不断的接触中，高宝来发现牛大姐对父母非常孝顺，日常很多小事都让人感动。当时，恰逢北京市开展万名孝星评选活动，高宝来便热心地帮她争取。当接过"北京市孝星"的荣誉证书时，牛大姐激动不已，"高警官，您是个大好人，我再也不添乱了"。

2010年初，80多岁的林大妈与邻居因噪声问题发生纠纷。为化解矛盾，老高不知往大妈家跑了多少趟，他坚持不懈的调解使双方在4年后握手言和。林大妈感慨地说："小高，我骂过你、打过你，今天我得谢谢你！"

八里庄街道综治办副主任王鹏谈到高宝来一脸敬意，由于街道的老旧小区比较多，防盗设施非常脆弱，溜门撬锁的案件时有发生。

为此，高宝来跑遍了辖区的监控机房，逐一核对了监控探头的位置和性能，搜集整理出八个U盘的视频监控资料，只要有新的案件发生，他就第一时间调取监控进行比对。在高宝来的坚持下，社区不仅陆续安装了400多个监控探头，还为老旧小区更换了防盗门窗。他还发动群众参与群防群治，统一调动单位保安参与社区巡逻防控，组建了一支60余人的专职巡防队伍。王鹏这样评价高宝来：他用自己极度负责的工作态度，让大家记住了一种崇高的人生，用生命完成使命，用使命诠释生命。

　　辖区的群众都知道，只要求助高宝来，不管什么事他都会到，不管多晚他都过来。有的人说，正是高宝来有事就到、事事上心的工作态度，"惯坏"了社区的老百姓。高宝来却不以为然，他常说："当片儿警就得'惯着'老百姓！"高宝来的心血没有白费。他管的社区发案量连续3年大幅下降，2014年侵财类案件更是下降了85%。他成了分局唯一一名连续3年考核最优的驻区民警，他管的社区被评为"免检放心社区"，他负责的警务室成为北京市"模范警务室"。

儿子眼中的他：私事从不张口的父亲

　　在儿子高陆眼中，父亲一直很忙，待在家里的时间非常少。"有时候我很晚下班回家以后，发现父亲还没有回来，一打电话才知道，他又跟同事们去巡逻了。为此，父亲也常常安慰我和母亲，自己是一名人民警察，要把群众的安危放在第一位。"

　　高陆说，生活的简朴是父亲融入血液的生活态度。他最贵的衣服是一件风衣，一穿20多年，领子、袖口磨烂了也不愿意换。他从不买带盒的方便面，一块烙饼就是一顿饭。对自己"抠门"，对别人却很大方。深夜加班时，他会给年轻同志买来肯德基快餐；群众有困难，他总会慷慨解囊，几十几百地帮助素不相识的人；别人写给他的欠条，他转身就扔掉。

母亲病退的单位就在他的管片儿，全家都靠着父亲的工资度日，一家4口人挤在使用面积只有30多平方米的老房子里。有人劝他去找单位领导提高一下母亲的待遇。但父亲摇头拒绝："为了公事，我可以去跑去求去要，但为了私事，我张不开口。"

304医院是高宝来的辖区，他的警务室就设在院内。一些亲戚朋友知道他在医院的威信高，有时想让他帮忙挂一个号，但都被他拒绝了。即使是母亲生病住院，他每次都是自己去排队挂号。"我不能以权谋私，更不能给身上的这身警服抹黑！"

父亲住院期间，他常常问主治医生怎么能快点把他治好，他还要上班。"告诉医生想请一个假，能回到海淀实验小学门前，再护送孩子们进校门，再站最后一班岗。"

"无论什么时候，心安比金钱更重要。"单位和群众给父亲捐了款，只要有花销，他都记上账。父亲去世后，家人按他的吩咐，将36万元捐款全部捐献给北京警察协会，帮助更多的困难民警。

送别那天，一起战斗过的同事在灵前流泪，轻声呼唤"宝来大哥"；社区居民早早守候在道路两侧，高声呼喊"高警官一路走好"；海淀实验小学的孩子们手捧洁白的菊花，静静肃立在校园门前，目送"警察爷爷"……

国医大师的小针大爱

中国工程院院士石学敏是世界著名中医针灸学专家、国家有突出贡献专家、享受国务院特殊津贴专家，国医大师、国家级非遗项目代表传承人、"中国好医生"荣誉称号获得者。他创立的"醒脑开窍"针刺法、"石氏中风单元疗法"，在中风这一世界级医学难题上迈出了一大步，他致力于针灸学术交流和推广，为中医针灸走向世界做出了贡献。86岁高龄的他，仍扎根于中医诊疗第一线，传道授业诊病，用银针解除病痛，传递大爱，为祖国中医药事业的发展担当责任。

一、小针立大业

童年时期，石学敏记忆最深的事就是缺医少药，他的家乡天津市西青区大寺镇周边有14个村子，却只有一名医生，大多数人生了病，只能忍痛硬扛。为此，石学敏自小就立志当一名医生，消解人们的病痛。

为了实现这一理想，他刻苦学习，立志学医，成为天津中医学院首届大学生，也是中华人民共和国第一批中医大学生，他还在大学期间遍读中医古籍，遍访津门名医，成为全校第一个全优生。

1962 年，石学敏成为天津中医学院第一附属医院的一名中医内科医生。两年后，他被选派到卫生部举办的全国针灸研究班深造，在这里，石学敏接触到一批全国遴选出的针灸专家，他们有的是御医后代，有的是针灸流派传人，个个身怀绝技，经过诸多名师前辈的精心指点，石学敏受益匪浅，从此对针灸事业痴心不悔，满怀热爱。

经过刻苦学练，小小银针，在他的手中就像被赋予了生命一样，选穴、着力、捻转、提插，动作娴熟，一气呵成，也造就了他一手针灸神功。1972 年，石学敏援外回国后，任天津中医药大学第一附属医院针灸科主任，选择中风这一世界医学难题为突破口，潜心针灸医学深层次的研究，逐渐形成独树一帜的石氏针法——"醒脑开窍针刺法"。1982 年，"醒脑开窍针刺法"获天津市科技进步二等奖；1995 年国家"八五"攻关课题"醒脑开窍针刺法的临床及实验研究"获国家级科技进步三等奖。此后，石氏针法得到广泛推广。2010 年，石学敏带领他的博士研究生从分子生物学的实验角度，揭开针刺治疗中风的理论之谜，开展了临床疗效卓著的"石氏中风单元疗法"的临床应用。

担任天津中医学院第一附属医院院长后，石学敏重建针灸学科，开设全国第一个针灸病房，建设全国首家针灸科"电生理室"和"CCU"病房，有效推动了针灸学科的稳步发展。

目前，天津中医学院第一附属医院已被国家认定为"国家中医（针灸）临床医学研究中心"，石学敏正带领着学生们为将中心建设成针灸新技术发源地、成果产出地、人才聚集地和培养地、国际化的针灸临床医学研究和转化推广中心而努力，为人类健康贡献力量。

"小物承大业，银针舞神奇。"石学敏的事业，是恩泽百姓、救护人民的事业，他立志学医治病救人，想患者之所想，急患者之所急，银针虽小却担大任，为民解忧、化人苦痛；石学敏的事业，是弘扬传统、振兴国粹的事业，他潜心钻研，学贯中西，技艺高超，让小小银针大显神功；石学敏的事业，是传播友谊、爱洒中外的事业，小针治大病，方有真情在，银针有奇效，才结异国缘，小小银针，为中国传统医学架起一道中外人民友谊的桥梁。

二、小针传大爱

石学敏的针灸医术不仅救治国内众多患者，还造福不少国外病人。1968 年，20 岁出头的石学敏参加中国赴阿尔及利亚医疗队工作，医疗队的最大优势是中医和针灸疗法。他随队免费为当地群众服务，给贫困地区患者的生活带去了巨大变化。

当时，阿尔及利亚国防部副部长萨布骑马打猎摔伤，瘫痪已经半年之久，虽经十几位欧洲各国名医诊治，均不见好转。正当他们一筹莫展的时候，有人建议不妨让中国援阿医疗队的医生来试试。石学敏通过检查确诊这位部长患的是腰椎增生，因摔伤诱发坐骨神经痛而疼痛难忍，瘫痪在床。他巧施手法，对穴扎针，让萨布半年多未曾动一下的腿轻轻抬了起来。针灸治病的奇迹除在阿尔及利亚广泛传播外，摩洛哥乃至阿拉伯世界也掀起了针灸热。周边国家的病人纷纷找石学敏医治，每天患者达百余人，石学敏每天要工作十几个小时，他在阿的三年里，诊病达 10 万多人次。

石学敏的精针妙术不但在阿尔及利亚，还在加蓬、刚果等 20 多个非洲国家扎根、开花、结果，甚至受到德国、韩国等国的信赖。2010 年，美国人戴维来到中国，伴随着脑干大面积出血的病痛。他曾经是一名健美教练，患病后瘫痪在床，多方求医无果。在石学敏的精心治疗下，他重新站立起来。石学敏多次接受外交部、原卫生部的指派赴国外为政府首脑、高层官员治疗。阿尔及利亚卫生部部长奥马尔·布杰拉卜指出："中国医疗队的影响已超越了阿尔及利亚的国境，影响到整个世界。"石学敏与银针结下了一生情缘，为中医针灸走向世界作出了贡献，人们亲切地称他为"鬼手神针""针灸外交家"。

20世纪70年代初，石学敏开始研究世界公认的三大疑难病之——中风的针灸治疗，他用7年时间创造了"醒脑开窍"针刺法，做到了救急与康复同步进行，其阻止脑细胞死亡速度甚至比药物吸收过程快，开辟了中风治疗新途径。由他设计、实施和主持完成的"醒脑开窍针刺法治疗中风病的临床及实验研究"获得1995年度国家科技进步三等奖，并作为国家科技成果推广项目在全国应用。

1996年，一位叫劳德的美国教授来到天津中医学院第一附属医院，提出要看一看1995年前后用醒脑开窍针法治愈的100份病例，进而又与这些患者见了面。完成所有调查后，他感慨地说："你们中国的患者是幸福的，对于中风，我们美国没有这样良好的治疗方法。以后，我要是得了中风，也要到你们这里来治疗。"

20世纪80年代初，石学敏教授创建"针刺手法量学"，填补了针灸学发展的空白，并广泛应用于多种疑难杂症的治疗中。他还先后发明"脑血栓片""丹芪偏瘫胶囊"等药品，结合"醒脑开窍"针刺法针药并用，创立了"中风单元疗法"，为治疗脑血管病开创了新思路。

"医学无国界，医者共仁心。"石学敏"敬佑生命、救死扶伤"，不论大病还是小痛，不论异国还是他乡，银针祛病害，救人于水火，银针拯伤患，妙手能回春，针针传递真情大爱；石学敏"甘于奉献、大爱无疆"，一切为了病人，为了病人一切，为了一切病人，小小银针穿梭中外倾心奉献；石学敏"医德高尚、医术精湛"，无论中外，不分东西，视康复为己任，视患者为手足，视病魔为仇敌，以悬壶济世的情怀，诠释一名医者的初心和使命。

三、小针有大责

石学敏已 86 岁高龄，仍坚持工作在中医诊疗第一线，为患者解除病痛，为学生传道授业，身体力行奉献在中医药事业上。他说："健康是人的第一财富，医生就是人类健康的护航使者，有着永恒的责任！我将一直为患者针刺下去，力虽绵薄，志却甚坚！"

治病是医者天职，但更重要的责任是让中医成为科学，普及推广开来。回顾自己的从医生涯，石学敏总结说："看准了就干，技术为先，疗效为重，把好的中医疗效放大，规范化，然后推广普及，这是我一生始终坚持的努力方向。"

石学敏认为，如同西医做手术一样，中医的针灸治疗也应建立自己的标准和可操作性，他将针灸治疗中有效的 130 多种病症逐个穴位地进行试验筛选，让每个穴位都有特定的操作方法和刺激量学标准。

石学敏主抓的国内针灸临床科研达到分子生物学水平，他致力于针灸学术交流和推广，在国内建立了 58 个针灸临床分中心，先后赴世界 100 余个国家及地区讲学、诊疗，为中医针灸走向世界作出了贡献。他还主持完成国家、省部级科研项目百余项，获国家专利 6 项，培养硕士、博士、博士后百余名，学生遍布中国各地和世界各国。其专著《中医纲目》被业内誉为继《医宗金鉴》之后的一部中医临床划时代巨著，英文版《石学敏针灸学》推向欧美等国，被美国针灸考试委员会指定为考试指导用书。

自 1989 年以来，石学敏作为大会主席，共举办了 13 届"中国·天津国际针灸暨中医学术交流大会"，参会的外国学者来自 40 多个国家和地区，达 3000 余人次。2008 年，世界中医药学会联合会授予石学敏"中医药国际贡献奖"。2017 年，石学敏获得由世界针灸学会联合会颁发的首届"天圣铜人奖"学术突出贡献奖。

"莫道桑榆晚，为霞尚满天。"石学敏愿得此身长报国，他治病不怕年高，一心为民谋健康，一线诊疗乐奉献，一枚银针救死伤；石学敏桃李天下传福音，授人以医无保留，医无国界传道授业，医者仁心治病救人，医济天下普惠四方；石学敏老骥伏枥志千里，甘当世界白衣天使，以针为媒传播中医，以针为器行医四海，以针为谊中西交流。

北纬 53 度的追梦人

有一位女青年，怀揣建设家乡的梦想，扎根黑龙江漠河市北极镇近 10 年，用一腔真情和热血，温暖了这个祖国北疆的边陲小镇，传递着用美好青春驻守北疆的赤子情怀，她就是"全国乡村振兴青年先锋"——北极镇党委书记文竹。

情系乡亲的"文闺女"

2013 年大学毕业，许多同龄人都把大城市作为就业首选，文竹却放弃了南方一家知名企业的工作机会，选择回到北纬 53 度的家乡，报考大学生村官，理由很简单——"东北的乡村要振兴，年轻人不回来，谁带头干呢？"

漠河市北极镇是黑龙江省最北端的一个小镇，从哈尔滨坐火车需要近 18 个小时才能到达。这里年平均气温 -5.5℃，冬季最低气温 -52.3℃。遇到大雪封山，村子便与世隔绝，全村只有 47 户人家，年轻人大多外出务工。当听闻文竹入职洛古河村，村支书、村主任、老会计全体出动，开辆拉货的"半截子"来接人。没有宿舍，一个人住在村委会，生火靠自己，公厕在室外 500 米开外。她用报纸糊住没有窗帘的窗户，为了减少上厕所的次数，每天从下午开始就不吃东西、不喝水。刚来的时候住处没有火炕，冬天时套上毛衣棉裤睡觉，半夜常被冻醒。理想的落差、艰苦的环境、夜晚的恐惧……即使这样，文竹没有一丁点的后悔和遗憾。

文竹明白，最好的融入是埋头苦干，最好的贴近是将心比心。她从"琐碎小事"做起，吃百家饭知百家事，学农活走泥路，陪老人唠嗑，教手机使用，学网上接单，全力以赴解决群众困难。在一次完成迎检任务的当晚，文竹高烧41℃，村干部连夜开车送她到县里医院，连打了7天点滴。村里人以为她会打退堂鼓，没想到，病刚好一点，倔强的文竹便回来了。从最初的"小丫头"，变成了村民信任的"文闺女"。乡亲们由衷欢喜："文闺女来了以后，村里有声儿了！"2014年12月，村"两委"换届，文竹高票当选为村支委委员。这是洛古河村第一次把选票投给了一个"外来人"。她也成为漠河有史以来选出的年纪最轻、学历最高的村"两委"成员。

"最北最冷最忠诚、最偏最远最放心。"文竹的选择是忠诚的选择。她心中有国，眼里有爱，把青春梦融入中国梦，去收获成长，找寻人生方向，把青春之花栽种在人民最需要的地方。她不怕艰苦，不计得失，用真心换真心，脚上沾了多少泥土，心里就沉淀多少对农村的情感。她怀揣着建设家乡、建功边疆的梦想，敢担当、能吃苦、肯奋斗，战胜一个又一个困难，帮助乡亲用奋斗换幸福。

坚守初心的"文站长"

这些年，在北极镇地处5A级旅游景区内，来经商、务工、旅游的人越来越多，他们中的不少人还是党员，文竹琢磨着得发挥党组织的战斗堡垒作用，把大家凝聚起来。2017年，北极镇在景区建起了"流动党员驿站",文竹也被任命为站长,主动承担了流动党员驿站的讲解工作。

驿站初创,只有 8 平方米。文竹做卡片、发传单、发朋友圈,每一个设计,她都推想无数遍;每一句讲解,她都根据不同对象临场调整。面对来参观的党员,她如数家珍,推介"北极精神";碰上外国游客,她用英语宣传边境政策,介绍中国文化和家乡特产。如今,这个驿站已经历 5 次升级改造,从 8 平方米扩建到 200 平方米,分别设有活动室、宣誓室和北极印象室。5 年来,驿站开设微党课,重温入党誓词,在这里登记、留言的党员有 15000 多名,"流动党员驿站"逐渐成为北极村最美的风景。

文竹曾经接待过一个来自北京的革命之家,爷爷是老革命,儿子是现役军人,小孙子才 7 岁,爷爷让小孙子一字字把入党誓词念下来,爷爷在一旁偷偷抹眼泪,他对文竹说,他是火线入党的,军人流血流汗不流泪,今年 90 岁了,不知道还能不能再来到这里,但今天在祖国最北的流动党员驿站,和他的儿子孙子在这里向党旗宣誓,全家就是要扎红根、传红心,把这份信仰传承下去!这也更坚定了文竹坚定初心、传承信仰的意志。

工作中,文竹评选"北极先锋之星""星级文明户""文明家庭",开办"道德讲堂""北极村夜校"。针对党员年龄偏大、文化偏低的实际,她采取"用电脑看视频、用微信上党课、用大喇叭听党章"的方法,让党员参学率从原来不足 50% 增加到 95%。联合驻地部队组建文艺宣传队,帮助村民注册成立游艇公司扩大经营规模,教村民接网上订单拓宽经营渠道,帮农家乐、家庭宾馆、游艇协会开展网上订单……她把新知识、新理念、新技能带进了边陲小村,种进了村民心坎里。洛古河村也获得省级文明村、戍边为民模范村称号。

"这个屋子虽小,但这就是最典型的看齐意识!"原中组部部长张全景同志视察漠河时对北极流动党员驿站给予这样的评价，并题词"身在最北方　心向党中央"。

小驿站里建堡垒。最北方的"流动党员驿站"，文竹既是策划者，也是参与者，更是建设者，见证着党建"红色引擎"引领北极"绿色发展"的前进历程。小驿站里守初心。作为流动党员的初心"打卡地"，文竹讲解里传递党的温暖，党课里响彻党的声音，活动里开辟党的阵地，让流动党员在驿站找到了自豪感，找到了仪式感，找到了归属感。小驿站里找信仰。在文竹口中，"从北京来到北极镇，无论走了多远，都不要忘记为什么出发"是念念不忘的心语；在文竹心中，"身在最北方　心向党中央"是刻骨铭心的信念。

乡村振兴的"北极竹"

2020 年末，由于工作突出，文竹当选为北极镇镇长。上任后，她巩固拓展脱贫成果和乡村振兴衔接，和大伙集思广益，从开办游艇旅游公司到设计个性民宿，吃最北瓜果，打造庭院经济；看最北花海，美化环境的同时增加经济效益；品最北风光，让游客感受自然的生态景观、人文特色和边境党建，使北极镇实现从传统农业向观光农业转变。

北极镇下辖洛古河村、北极村、北红村三个沿江村。一年汛情期间，黑龙江上游汛情告急，文竹第一时间与科级干部下村包片，顶风冒雨把黑龙江沿江各村全部走遍，与党员干部带领村民一起抗洪救灾、共渡难关。北红村田婆婆家里被大水漫灌了，洪水退后，留下了一地淤泥，看着满地狼藉，80 多岁的田婆婆犯了难，没想到还没等求助，文竹已经组织党员志愿者赶赴受灾现场，帮助清理环境。大娘感动得哭了，拉着她的手说："你真是比我的亲闺女还亲！"

2021年，文竹担任北极镇党委书记。北极镇北红村原来是省级贫困村，2017年实现了整村脱贫摘帽，60户贫困户全部脱贫出列。文竹全身心扑在乡村振兴工作上，依托北极镇的优势资源，大力推进"危房改造""厕所革命""污水治理"，打造能吃、能看、能品的旅游产业链，规划了一村一品、一街一品的乡村特色产业，让"冷资源"变成"热经济"。

文竹顺应时代发展特点，在北极村举办"北极光节"，邀请哈尔滨音乐学院的中俄交响乐团来演奏，组织国内唯一的极昼马拉松赛事，吸引了3000余名选手参赛。对每户经营者进行专门的采访和拍摄，展示自家小店的视频号，打造"全域旅游代言人"和网红直播。老乡们都说："别看小文年轻，但还真能干实事！"2023年上半年，漠河旅游人数达到50余万，同比增长445.42%。在她的带领下，全镇农民人均年收入实现2.8万元，村集体经济增收30万元以上，北极镇先后荣获"全国文明村镇""第一批中国旅游特色小镇""全国先进基层党组织"等荣誉。

北纬53度有着文竹的诗和远方。从"最美基层高校毕业生"到"全国向上向善好青年"，从"全国优秀党务工作者"到"全国乡村振兴青年先锋标兵"，文竹敢闯敢干，用青春和汗水改变着家乡，诠释着最有价值、最有美感的人生。文竹脚踏基层实践的坚实土壤，用心服务群众、造福百姓，用一腔真情温暖了冬季气温达零下40多摄氏度、不足50户村民的小村庄。文竹扎根基层、乡镇，解决村民困难事，开展文化活动，大力发展旅游，给村子增加生机，给村民增添希望，在接力乡村振兴伟大征程中贡献青春和智慧。

第五辑

生命里的那把铁锹

生命里的那把铁锹

　　我是一个学生兵，家里虽不宽裕，却也没有干过什么重活。来到向往已久的军营，站岗训练之余，打扫卫生是最常见的事。有人说，部队有三大神器：铁锹、扫帚、板车，不少战士的青春与它们相依相伴，我也一样，对它们一点也不陌生。其实，部队不可能成天舞枪弄炮，青春不只是训练场上的摸爬滚打，也有与枪炮无关的和平劳动和牺牲奉献。正是这些看似消磨青春又挥之不去的神器，既使我们成长，也使我们蜕变。

　　新兵连，我第一次拿起了铁锹，铲草、铲垃圾，虽然时间长了有点吃力，但我也是能干活的军营男子汉了。南京训练基地的课后，我第一次用铁锹铲粪便，挑粪种菜让我有了不一样的体验，也许会感到有点苦和累，但想得更多的是意志的磨炼。还会想到那年那月，三五九旅开荒种地的场面，满脑子里充盈着革命前辈以苦为乐、自力更生的南泥湾精神。

　　军校第一学期放假，也许是因为当兵一直没回过家，我显得格外兴奋。然而到家并没有见到爸妈，于是到妈妈开的一个理发店去寻找，却也没见着人。于是就坐在店里等候，只听得店里的客人在聊天，说起了妈妈："这家女的真能吃苦，装矿不要命的，瘦得皮包骨头呀。"真的吗？记忆中的妈妈不胖也不瘦呀。带着疑惑，我来到矿山附近。这里有不少采矿的卡车在来回忙着运输，也有不少装矿土的人们在忙碌着。我走近一看，大都是爸爸单位里熟悉的阿姨们，也看到了许久未见的妈妈，第一眼却让我心疼得要掉下眼泪，真如他们所说，妈妈瘦得皮包骨头，眼窝深陷，又黑又瘦！

来不及和我多说话，车来了，妈妈又忙着和阿姨们一起装起矿土来。我是又心疼又生气，为什么要装车呀，夺过妈妈手中的铁锹不让她装，可是却抢不过妈妈。无奈，我抢过妈妈的铁锹帮她装车，凭着在部队干活锻炼的身手，我一锹接着一锹，干得也挺卖力，旁边的阿姨也赞赏地说："香莲阿姨，是你儿子呀，干活蛮像样的！"可是，干了一阵子，我就浑身是汗，气喘吁吁，这要装完满满一车，该费多大体力呀！妈妈这时接过我手中的铁锹，心疼地让我歇会儿。看着妈妈瘦削又麻利的身影，我莫名的一阵心酸，心里是一种说不出的滋味。

原来，单位不景气早已倒闭，爸爸退休得早，那时微薄的退休金每月只有 140 元。妈妈完全是把自己当成一个男人，早年在单位干过装卸工，搬砖运沙卸水泥，对于女性来说是十足的苦力活，由于常年吸入粉尘也让她很容易得肺炎。因为这个原因妈妈学了理发，但只是理理老人头，家里还是入不敷出，弟弟上大学，已经让我们这个家庭经济拮据、倍感压力。为了还债，补贴点学费和家用，也为了弟弟少吃点方便面和咸菜，妈妈装起了 4 元钱一车的矿土。第二天，为了不让妈妈装车，我把家里的铁锹藏了起来，可是妈妈还是找出来去装车了，那又高又大的矿土车，需要多少个一锹一锹，又怎么能不让妈妈瘦骨嶙峋啊！

当兵第一次回家，我是和妈妈一起装矿土度过的。后来我知道，为了尽早还债，爸爸去外地帮人值班，妈妈竟然装车装了一年多，有时甚至装到凌晨两三点，经常没时间做饭，邻居做好留一点给她。就这样，硬是把债还上了。妈妈啊，我不知道您这样的日子是怎么过来的，我只知道，儿子的生活和成长是您用瘦弱多病的身子，用铲矿土的铁锹一锹一锹换来的！铁锹，成了我心酸的回忆……

从此，我对铁锹怀有一种特殊的感情。每当我扛起铁锹，就会想起妈妈铲矿土的瘦弱身影，就会想自己要多努力一点，为国为家扛起肩上的责任，心中就充满了战胜一切的力量。

铁锹，攥紧了才有力量。它伴随我打扫出整洁如新的绿色军营，开始一天又一天的成长进步；伴随我在演训场挖堑壕构工事，在军营驰骋火热的青春；也伴随我在连云港光缆施工，在坚硬如石的土壤里挖出奉献的色彩；它还伴随我在大雪纷飞之夜，奋力铲出百姓出行的暖心大道；伴随我在淮河抗洪中筑坝固堤，守护人民群众的生命财产安全……

每一个年轻军人，背后都有满怀期待的爸爸妈妈，我们的成长就是他们的骄傲。铁锹，不是我的军旅全部，却撬动着我的青春芳华。我的青春，既有顶风冒雪拉练的历练，也有取得特级射手的自豪；既有打扫满地落叶的清苦，也有授课竞赛夺魁的喜悦。那时的我，只希望能带给远方拿铁锹铲矿土的妈妈一丝宽慰……

一把铁锹，馈赠于我的不仅是绿色记忆，更有值得回味的人生领悟。军人的青春不总是铁马金戈，也并非风花雪月，还有寂寞枯燥和紧张约束，不仅是钢枪和战车，也是扫帚加铁锹。但我从来没有为之后悔，正是这些，日渐锻造了我融入血脉的军人精神和品格，让我勇敢面对一切，战胜一切。就像一首新兵连就唱响的歌那样，"……我把青春留给了亲爱的连队，连队给了我勇敢和智慧，从此再也不怕浪打风吹。"

走过青春,走过风雨,走过军营,难以忘怀的,是生命里的那把铁锹!

向新而变才是你真正的价值

　　卫灵公是春秋时期卫国第 28 代国君，也是历史上有名的昏君之一，其爱好男宠，多猜忌，且脾气暴躁，留下不佳的历史评价。《韩非子·说难》中说到，弥子瑕曾受到卫灵公的宠信。有一天弥子瑕母亲得了重病，捎信的人摸黑抄近路连夜告知弥子瑕，一时间弥子瑕心急如焚，恨不得立刻插上翅膀飞到母亲身边。可是京城离家甚远，他想到乘卫灵公的车马回家。但是卫国法令规定，私自驾驭国君车子的，论罪要处以刖刑（砍足之刑）。但弥子瑕依旧假托君令让车夫驾着卫灵公的车马回家了。

　　卫灵公听说后，不但没有责罚弥子瑕，反而认为他德行好，并大加赞赏："真孝顺啊！为了母亲的缘故，竟然连断足之刑也无所畏惧了。"另有一天，弥子瑕陪卫灵公到果园游玩，正值蜜桃成熟的季节，弥子瑕顺手摘了一个蜜桃吃，发现桃子非常甜。正吃的时候他想起了身边的卫灵公，于是弥子瑕把吃了一半的蜜桃递给卫灵公吃。卫灵公面露笑容说："弥子瑕多么爱我啊！不顾自己尝过也要与我分享，有好吃的第一个想到的就是我！"等到弥子瑕年迈色衰时，卫灵公也丧失了对他的热情，如果弥子瑕有冒犯得罪之处，卫灵公不再像过去那样迁就他，而是一反常态地说："弥子瑕本来就曾假托君命私自驾驭我的车子，又曾经把吃剩的桃子给我吃，看我怎么处罚他！"

　　这是一则令人感叹的故事，可能很多人会认为弥子瑕的言行"未变于初"，从前被认为有德行而后来获罪，其原因是卫灵公喜新厌旧的"爱憎之变"，但更值得思考的是弥子瑕缺乏居安思危的自知之明。每个人都有其最具价值的高光时刻，但这并不是可以消费一生的荣耀"内存"。当弥子瑕处于"多少人曾羡慕你年轻时的容颜"之时，就应想到"谁能承受岁月无情的变迁"，终有人老色衰失宠的那一天，不能清醒自知及早求变，就不免陷于被冷落抛弃的境地。

　　比尔·盖茨有一句名言："微软离破产永远只有18个月。"这警示人们危机时时蛰伏，往往不邀而至。人天生就是有惰性的，总愿意安于现状，不到迫不得已多半不愿意去改变。危机并不可怕，可怕的是麻木、迷惘、悲观和无所作为，若一个人习惯了安逸，那么必然走向下坡路，当危机降临时就只能接受命运的摆布。可见，要避免"温水煮青蛙"的悲剧，离不开"生于忧患，死于安乐"的忧患意识，也须有"未雨绸缪，防患于未然"的底线。

　　有一则寓言故事读来耐人寻味：小鸡问鸡妈妈："你今天可不可以陪我们出去玩，不要再下蛋了，下蛋多累啊！还得一直待在这里。"鸡妈妈回答道："不行，我要工作。""可是你已经下了很多的蛋啊！"小鸡说。鸡妈妈意味深长地说道："一天一个蛋，刀斧靠边站。如果我每天不能产生价值，我就将会被杀掉。"动物如此，人也是一样的。创造价值的奋斗一天也不能停顿，当你不能创造出价值的时候，就是需要直面淘汰的那一天。正如范蠡助越王勾践雪耻复国后即远遁去国，劝谏不肯隐退的宰相文种，"狡兔死，走狗烹；飞鸟尽，良弓藏"。而终被赐死的文种哪里知道，失去了利用价值，危机和祸患就紧随而至。当然，我们不能唯价值论来决定人的命运，否定人的权益。但没有价值就没有贡献，碌碌无为无疑是一种耻辱，只有不断提升自身价值，让自己的理想追求与国家和社会需要紧密联系起来，才能承担起时代担当。

身处社会转型和信息时代，"变"是一种常态。著名思想家斯宾塞·约翰逊有句名言："唯一不变的是变化本身。"有价值的人生，贵在主动求变。倘若见变不知变，知变不求变，就会成为人生的落伍者。"动静屈伸，唯变所适。"面对外部环境变化，不能"乱花渐欲迷人眼"，而要"不畏浮云遮望眼"，善于识变求变应变，勇于除旧布新、革故鼎新，在适应中占据先机，才能真正走在时代前列，成为未来的"主宰者"。

"明者因时而变，知者随事而制。"每个人来到这世界上都应让自己有价值，这也是一个人最生动的社会标签。人的自我价值融于时代价值而存在，也必须因时因势而向新蝶变。人生价值的存在感，也是从一种价值的式微到另一种价值的回归，需要变中求新、变中求进、变中突破，不断实现和充盈为国家为社会为人民所认同的价值，才能彰显生命的意义。

我们靠什么成长进步

　　成长进步是每个人关心期盼的事，既关系个人切身利益，也有力推动社会发展进步。如果每个人都不愿意奋发进取、追求进步，社会发展就成了无源之水、无本之木。对于成长进步的途径，有人说，靠组织培养，靠领导帮带，靠同事关爱，靠机遇垂青等不一而足，尽管这些看上去都是不可缺少的，但实质上属于外界动因，而实际上一个人的成长进步很大程度上掌握在自己手里，自身才是最大的内因，而内因起着决定性作用。

　　靠品行修养。品行修养是一个人的形象名片，不仅是终身课题，也是成长进步的通行证。对于干部来讲，主要体现为人品、党性上的修养，对于群众来说，主要表现在思想、道德、法纪上的素养。加强人格涵养。重在坚定选择、热爱本职，始终自律不放纵，自信不攀比，自强不依附；言行一致、表里如一，做到对人对己、对上对下、对内对外的一致；甘于奉献、乐于助人，不贪不占、不亲不私，切实不以小利而动心，不以私交而忘公，不以己亲而舞弊；真心做事、真情待人，对事业充满激情，对工作充满热情，对同事满怀感情，对领导满怀感恩；容人容事、容得容失，奉行不记人之过、不怀事之害，谨记得而不喜，失而不忧，保持淡泊以明志，宁静以致远的良好心态。加强道德修养。在市场经济飞速发展、价值取向多元的客观环境下，思想道德修养显得尤为迫切，成长进步的快车道上也常常设有道德检查站。应有三个方面需引起重视：讲诚信。就是要信守承诺、知行合一、踏实敬业，不欺上瞒下、报喜藏忧，不口是心非、阳奉阴违，不轻诺寡信、愚弄群众，不弄虚作假、敷衍应付。讲荣辱。讲荣辱的背后是价值利益的选择，在道德概念上就是要以集体利益为重，以损公利己为耻，以争先创优为荣，以落后退步为辱，以艰苦朴素为德，以骄奢淫逸为害。讲风格。不争功诿过、妒忌贤能，不心胸狭隘、斤斤计较，共产主义战士王杰日记中曾写过"三不伸手"：荣誉面前不伸手，物质面前不伸手，待遇面前不伸手。就是良好道德风尚的真实写照。加强法纪素养。法纪观念是立身做人的重要基础，不是可有可无的东西，而是必须时刻筑牢的思想防线。缺失法纪素养，成长进步就缺乏保证，不免会跌跟头、走弯路。基本的法纪素养没有更多大而空的道理，它表现在严守党的政治纪律，认真遵循法律法规，不折不扣落实岗位条令条例，认真执行上级命令，设法完成领导交办。

靠积极展示。人生是一个大舞台，在时代不断发展、社会不断变化、科技不断进步的新形势下，工作繁重、任务繁多，但这也存在众多的展示机遇和发展空间。身处开放竞争、面临组织挑选的大环境，不妨主动展示自己，努力为自己赢取另一片天地。展示是一种素质。展示首先是一种昂扬的精神状态，是积极作为、主动向上的表现，它不甘平庸、不甘落后、不甘现状，反映了与时代发展同向同步的鲜明特征；展示又是一种成熟的心理状态，是自信、豁达、乐观的表现，它不怕失败，不怕耻笑，不怕孤立，表达了开放交流、战胜自我、直面人生的大众性格；展示又是一种奋发的工作状态，它敢于竞争、敢于挑战、敢于拼搏，诠释了坚强勇敢、迎难而上、自我锤炼的可贵品质。我们追求成功进步，必须把展示作为重要能力来锻炼，作为基本素质来培养。展示创造机遇。篮球巨星迈克尔·乔丹说过一句话："我不相信被动会有收获，凡事一定要主动出击。"可以说85%以上的人做事都是被动的，这本身就为我们留下了85%的空间和机遇。自我展示、推荐自己，总是与机遇连在一起的。让我们再回顾一下毛遂自荐的历史故事。毛遂是春秋时期平原君的食客，在挑选了19人帮助救赵国还差一人时，毛遂站了出来，但平原君有所顾虑，认为是人才就会像锥子一样破袋而出，而毛遂在门下三年之久并没有发现他有什么过人之处，毛遂反驳说是因为没有早把他放进袋中。事后，毛遂果然表现出色，逼迫楚王歃血为盟，出兵抗秦，毛遂也因此名传千古。对失败者而言，总会讲机遇不好，其实是因为他很少展示自己。只有敢于登台亮相、主动展示，才会为人所发现所关注，赢得机遇垂青。展示需要勇气。居里夫人说得好："弱者等待时机，强者创造时机。"创造机遇需要具备主动展示的勇气。初唐杰出诗人陈子昂年轻时虽然才华出众，却无人赏识。踯躅街头的他高价买了一把桐琴，并声称次日在宣德里寓所弹琴，第二天面对众多听琴者，陈子昂用力将琴摔碎，高声说道，我陈子昂从小饱读诗书，熟知经史，来京都却屡遭冷遇，甚是不平，今日不过是以弹琴为由，请各位赏看我的诗文是真。于是取出诗文分发众人，大家读后大加赞赏，陈子昂的名字也传遍了洛阳城。如果陈子昂只满足于满腹经纶、富有才华，而不愿展示外露，更缺乏自荐勇气，也就不会动脑筋想办法让人发现自己，去迈出一鸣惊人的一步。在事关成长进步的关键时刻，让我们多一些勇气吧，因为一定程度上成功＝勇气＋展示。

靠隐忍负重。《说文》中说："忍，能也。"孔子也说："小不忍则乱大谋。"隐忍显示着一种力量，是内心充实、无所畏惧的表现，是积蓄能量的方式，更是成长进步不可或缺的素质。一个人的成长发展道路上，不可避免地会出现曲折和坎坷，需要有韬光养晦的忍耐，也需要有穿透时空的长远眼光。始终谦逊谨慎。谦虚使人进步是公认的道理，因为谦虚谨慎就会时时向他人学习，取长补短，完善自己，走向强大。晏子在齐国当宰相，有次外出，他车夫的妻子从门缝里偷看她的丈夫，看到他趾高气扬、得意扬扬的样子。等到她丈夫回来便要与之离婚，丈夫感到奇怪，妻子说："晏子身长不满六尺，而身为国之宰相，名显诸侯。看到他外出，心情深沉谦恭，总觉得好像有不如人的地方。你身高八尺，只是为人车夫，然而看你的样子像是谁也比不上似的，所以我要离开你。"从此车夫改变了以往的性格，变得深沉稳重。晏子觉得奇怪而询问原因，车夫对晏子说了实话，晏子便向齐王推荐车夫做了大夫。这则历史故事很好地说明谦虚谨慎对成长进步的重要性，因为谦虚谨慎更容易得到他人帮助，更容易为人接受认可。承受当前挫折。卞和三献美玉遭刖足之灾，终有和氏璧闻名天下；越王勾践卧薪尝胆忍辱负重，终成灭吴雪耻大业；韩信能屈能伸强忍胯下之辱，终为千军万马之统帅；司马迁身受腐刑奋笔疾书，终成史家之绝唱。现实生活中，如果组织没有选择自己，机遇没有光顾自己，首先当反思和审视自己，想一想上级组织有哪些考虑，自身素质有哪些短板，工作实绩有哪些差距，群众公论有哪些反映，应意识到自己并不是非常突出、十分过硬，仍有弥补的余地、努力的空间。即使是遭受不公正不公平的待遇，也应埋头做好当前事，不发无谓牢骚，因为现实暂时无法改变，时间终将证明一切。看到前景光亮。失败挫折越多，成功希望就越近。事物总是发展变化的，要善于在山重水复中看到柳暗花明，在黑暗困顿中看到希望曙光，在星星之火中看到燎原之势，坚信曲折道路通向光明前途。爱迪生经过 6000 余次的失败，最终发明带给全世界人民光明的电灯；乔纳斯·索尔克经过 201 次实验发现了脊髓灰质炎疫苗，结束了长期以来这一病症对人类的肆意蹂躏。在工作中也一样，需要正视挫折、直面坎坷、笑对失意，点燃心中希望之灯，照亮前行之路，坚定进取的步伐。

靠厚积薄发。一个人的成长进步不应去奢求身在近水楼台的好环境，遇到伯乐赏识的好领导，而应老老实实强素质、踏踏实实练内功、扎扎实实打基础，不断储备知识和本领，用以养精蓄锐、蓄势待发。坚持不懈终有改变。古人云："不积跬步，无以至千里，不积小流，无以成江海。"要求我们不能心浮气躁，三天打鱼两天晒网，必须埋头苦干，从点滴做起，坚持到底，才能实现从量变到质变的跨越。英国著名作家约翰·克里西一生写过 564 本书，共计4000 多万字，但他在出名前却是一个全世界收到"退稿条"最多的人。他 35 岁开始搞创作，全英国所有的出版社和文学刊物几乎都收到过他的稿件，而他得到的却是 743 张"退稿条"。但他没有灰心丧气，仍然坚持写作，最终得到编辑们的认可。用心摸索终有收获。香港首富李嘉诚 14 岁在一家茶楼当跑堂伙计，他每天清早 5 时前第一个赶到茶楼，对来喝茶的三教九流各类人士仔细观察，潜心揣摩，根据茶客的外貌、言语去揣测他们的籍贯、年龄、职业、收入和性格等，然后找机会巧妙地进行验证。很快就对茶楼每一位顾客的消费习惯了如指掌：谁爱甜、谁爱咸、谁爱红茶、谁爱绿茶，等等，因此什么时候该给哪位顾客上什么食物，提供什么服务，他都做得恰到好处，李嘉诚也因此成为老板最信任、加薪最快的伙计。李嘉诚的故事告诉我们，积累成长进步的本钱需要学会思考、开动脑筋。工作中只有注重学习观察，才能学有所获，只有诚心探求，才能获得成果。时刻准备终有良机。没有充分的知识积累，没有必要的技能准备，缺乏脚踏实地的真才实学，即使再好的机遇与你迎面，也会是擦肩而过。也许挪威著名的小提琴家奥勒·布尔的成功之路能说明其中道理。年轻时的他多年来一直坚持练习拉琴，但始终还是默默无闻、不为人知。一次，著名歌手玛丽·布朗恰巧路过奥勒·布尔的练琴地，被他的琴声深深地打动了，她赶紧询问奥勒·布尔的名字。不久后的一次重大演出中，由于与剧场经理发生分歧，不得不临时取消玛丽·布朗的节目，在安排什么人到前台救场时，她想到了奥勒·布尔，就是这次奥勒·布尔演奏的一个多小时，让他登上了世界音乐殿堂的巅峰。对于奥勒·布尔来说，这一个多小时是个机遇，但赢来这个机遇他早已为此做好了准备。对一个期盼成功进步的人来说，谨记哈佛校训也许会大有裨益：时刻准备着，当机会来临时你就成功了。

多些霜打的经历

正值霜降入冬时节，天气转凉，人们感受到阵阵寒意。但也会对此时的蔬菜多了几分青睐，因为都知道霜打的蔬菜味甜口感好。"浓霜打白菜，霜威空自严。不见菜心死，翻教菜心甜。"正如白居易这首描写白菜的诗，赞美的就是霜白菜的味道。而市面上看似鲜亮的果蔬，由于不经霜味道也会大打折扣。其实，成人成才何尝不是如此，一个人的成长是要经霜的，有这样的经历才会自身受益、群众欢迎。

随着时代的进步和经济的发展，我们的生活环境日益优越，生活图舒适，工作讲安稳，尽管如此，挫折坎坷、困境磨难却从不会远离缺席。可以看到，有的人年轻自负，一路春风得意，但一受责难打击就容易一蹶不振；有的人一遇复杂棘手工作、急难险重任务，就拈轻怕重，推三阻四，"低调谦让"唯恐避之不及；还有的人习惯宅守机关，下基层或挂职蜻蜓点水、浮在表面，等等。这些都是不愿、不敢、不能经霜的表现，宛如温室的花朵，抗不住半点风雨，难以得到锤炼，也谈不上有担当受重用了。

在《朗读者》中，董卿送给俞敏洪一句话：松柏之志，经霜犹茂。干事创业，面对人生之霜，更要有担当和向上的胸怀与志向。因为，

"鹰击长空，鱼翔浅底，万类霜天竞自由"。"在火辨玉性，经霜识松贞。"那些碰到责任"耍滑头"，遇到困难"软骨头"的人，是不可能"风霜雪雨搏激流"的。人在事上练，刀在石上磨。多一点经霜的考验，就多一分成熟和勇气；多一些经霜的历练，就多一分责任和担当，也才会有"霜叶红于二月花"的精彩。

一个人的成长无捷径可走，经风雨、见世面才能壮筋骨、长才干。人生中的风霜，意味着逆境、危机、艰难险阻，同时也是成长成才的快速通道，担当作为的必经之路。当前，正值深化改革的转型期，锻造治理能力的黄金期，更需要接地气、挑重担、战风险，努力弥补知识弱项、能力短板、经验盲区，在改革发展的主战场、维护稳定的第一线、服务群众的最前沿勇于经霜、砥砺奋斗，真正将自己打造成工作的"多面手"、追梦的"实干家"。

天生我才你要用

"为政之要，唯在得人。"选人用人历来是治国理政的要事，能否坚持正确的选人用人导向，匡正选人用人风气，防止唯年龄学历、唯表面印象、唯领导作用的问题，事关一个单位的凝聚力，也关乎社会的发展进步。每个人都各有其长、各有其短，关键是要不拘而用、明察而用、择长而用，才能营造人人能成才、人人是人才是良好氛围。

从历史上看，年龄学历就屡屡成为世俗门槛。蔡元培之爱才，曾为陈独秀假制文凭学历。1917 年 1 月 11 日，蔡元培正式致（函）教育部请陈独秀担任北大文科学长。全文后附履历一份：陈独秀，安徽怀宁县人，日本东京日本大学毕业，曾任芜湖安徽公学教务长、安徽高等学校校长。而陈独秀并无以上学历。正如钱锺书《围城》所说："这一张文凭，仿佛有亚当、夏娃下身那片树叶的功用，可以遮羞包丑；小小一方纸能把一个人的空疏、寡陋、愚笨都掩盖起来。自己没有文凭，好像精神上赤条条的，没有包裹。"其实，才干贤能不会因为年龄高朽而蒙羞，也不会因为身份低微而沉沦。发明蒸汽机的瓦特是个修理工，爱迪生是小学学历，比尔·盖茨大学都未毕业，华罗庚、金一南只有初中文凭。

不可否认，年轻化、高学历代表一种优势，但并非代表真实能力。在正常情况下，随着时空的推移、工作的历练，一个人是发展的、变化的、进步的，学识和能力早已超越当初的年龄和学历。更何况，学历高低只代表一种学习的经历，年龄大小也有利有弊。选人用人要普遍、联系、发展地看问题，而不能孤立、静止、一刀切地看人看事。既要关注学历年龄，又要重视真才实学；既要大胆提拔使用，又要看重工作经历，两者不可偏废。

《资治通鉴》中记载，汉文帝到上林苑打猎游玩，来到老虎园的时候，询问上林苑的面积以及动物种类，主管官员竟然回答不上来，文帝很生气。旁边一位管理人员主动回答了文帝的问题，并且口齿伶俐，绘声绘色。文帝听后就打算撤掉原先的主管官员，改用这个管理人员，却被大臣张释之拦住了。张释之对文帝说，当初绛侯周勃和东阳侯张相如都是汉初重臣，但是都有些木讷，不怎么会说话，哪里像这个管理人员这么伶牙俐齿啊！秦朝就是注重耍嘴皮子的功夫，文过饰非，最终导致亡国的。

以古鉴今，正如列宁所说，从感觉出发，可以沿着主观主义的路线走向唯我论……客观事实也证明，对事物的认识是一个复杂系统的过程，不仅是因为存在"横看成岭侧成峰，远近高低各不同"的个体狭隘认识，更有"不识庐山真面目，只缘身在此山中"的思维局限。因此，要全面、客观地看人待物，防止简单片面化。并且人无完人、金无足赤，要有用人之长、才尽其用的思想，察人不能苛求清水无鱼之极致，用人不可一味求全责备之完美。

一朝天子一朝臣，一届领导主宰一时境遇。西汉时的颜驷，汉文帝时任郎中，后来头发眉毛全白了。汉武帝乘车经过郎署，问他说："你是什么时候开始任郎中的？怎么年纪这么大了？"颜驷说："我是从汉文帝时任郎中的。"武帝说："为什么一直没有迁升的机会？"颜驷回答："文帝喜欢用文人，而我擅长武功；景帝喜欢用长得端正的人，而我面貌丑陋；您喜欢用年轻人，而我年纪已经大了。所以经历三朝都未能升迁。"于是汉武帝提升他为会稽都尉。

不可否认，一个单位主要领导的思想意志、个人眼光有时决定着下属的命运和前途。不乏以个人好恶、个人偏见、个人性格来看待部属，也不可避免地出现近亲繁殖、趋炎附势的问题。要选好人用对人，就必须以群众公论代替个别偏见，以客观公正代替主观喜好，让量才而用成为用人导向，真正让人才竞相涌现，人人有用武之地。

常怀素质恐慌

　　古人云：人非生而知之者，孰能无惑？在学识专业上，人并不是天生就会，都有一个从陌生到熟练的过程。特别是在当下这个信息时代，每一个人都会面临知识匮乏、能力不足、专业短缺、工作亏欠的恐慌，需要有主动学习精神。

　　人的可悲之处在于意识不到危险，察觉不到不足。不足制造困境，困境招来危险，因此必须有自知之明。不抱残守缺，在学习的认识上，不满足既有所学，不抵触新生事物，不沉湎传统经验，要有"亏则虚脱乏力，空则如芒在背"的惶恐，要有"一天不学习，吃饭都不香"的习惯，要有"不患人不知，唯患学不至"的深入，要有"活用老、学到老、用到老"的坚守，用学习的不懈和创新在日新月异的时代洪流中傲立潮头。不遮短护丑，在学习过程中，要有容得他人批评指责的肚量，对短板弱项闻过则喜，对知识空白点头认账，对问题疑惑虚心求教，无论是身在庙堂之高，还是处在江湖之远，都应心怀学习忧患，常有识短的自知，揭短的勇气，查短的挑剔，补短的迫切。不自欺欺人，在学习取向上，不以领导要求为牵引，不以图名挂号为追求，不以完成任务为准则，不搞"报个到点个卯"的虚晃一枪，不搞"时间到任务了"的浅尝辄止，不搞"抄笔记翻翻书"的敷衍应付，不搞"来检查抓紧补"的临阵磨枪，不搞"上报纸比数量"的指标任务，不搞"学你的干我的"的学用脱节。

干工作贵在发自内心的自觉，这种自觉更在于对弥补自身不足的深刻认识和热切渴望。用笨鸟先飞的先知补缺，工作生活中，可贵的是"不须扬鞭自奋蹄"。无论你是"笨鸟"还是"菜鸟"，都不可怕，可怕的是没有先飞的觉悟，只有先知缺陷的敏感才有弥补的可能，只有先知努力的好处才有追赶的劲头。梅兰芳为了弥补口吃的缺陷，坚持每天早上含沙练唱，终成一代戏剧名家；童第周正视最后一名的差距，与"路灯"常伴苦读，创始中国实验胚胎学；爱迪生无惧学校开除的嘲讽，以实验室为家为乐，成为举世闻名的"发明大王"。我们不一定要有特别远大的理想，但立足自身条件最大限度地追求成功是应有的选择。不妨把自身的缺点放大一些，把软肋的弊害看重一点，把每天的玩乐搁置一下，努力实现先知—先飞—先进的跨越。"勤能补拙是良训，一分辛劳一分才"揭示了走向成功的途径和规律。不要以为一些名人贤达天赋超凡，其实他们后天勤奋耕耘也是超越常人的。追忆唐诗三大家，诗仙李白"三万六千日，夜夜当秉烛"是其勤奋耕耘的深刻记忆；诗圣杜甫"读书破万卷，下笔如有神"是其勤奋苦学的生动写照；诗魔白居易"救烦无若静，补拙莫如勤"更是其勤奋求知的座右铭。而自恃天赋而不勤奋耕耘之人，其结果，要么是"仲永之伤"的昙花一现，要么是"江郎才尽"的过早泯灭。当然，以勤补拙不是权宜之计和暂且为之，是一种贯穿一生的努力，正如达·芬奇所说的那样："勤劳一日，可得一夜安眠；勤劳一生，可得幸福长眠。"

勤奋补拙的形态有四贵，贵在起早贪黑的惜时，贵在废寝忘食的专注，贵在上下求索的刻苦，贵在衣带渐宽的不悔。俗话说，拳不离手，曲不离口。部队也常讲，武艺练不精，不算合格兵。其目的是为了补齐短板，尽快熟练掌握必备技能。古往今来，精湛技艺无不来自刻苦的训练。庖丁解牛能"手之所触，肩之所倚，足之所履，膝之所踦，砉然响然，奏刀騞然，莫不中音。"离不开平时的反复解剖和对牛体结构的熟练掌握。北京市百货大楼糖果组售货员张秉贵，以"一团火"的服务精神和"一抓准"的过硬基本功，成为家喻户晓的明星。而现今，不论是央视节目《状元360》，还是风靡一时的《中国达人秀》，在选手们呈现精彩脱颖而出的背后，都饱含着他们刻苦训练的汗水。同样，活跃在各个工作领域的先进典型和行业标兵，光彩照人的岗后台下，同样离不开对专业技能一遍一遍的训练，反反复复的揣摩，精益求精的超越。实践显示，只有经过反复历练和不懈努力，才能拉长短板，弥补不足，真正可能成为学习的带头人，业务的排头兵，工作的领头羊。

弥补素质上的不足，离不开工作中的满腔激情，离不开岗位上的执着坚守，也离不开事业上的牺牲奉献。要有乐此不疲的沉迷。古今中外为工作事业废寝忘食、孜孜不倦者不乏其人，闻一多读书成瘾，就在他结婚的那天，直到迎亲的花轿快到家时，人们还到处找不到新郎，急得大家东寻西找，结果在书房里找到了他。他仍穿着旧袍，手里捧着一本书读得入了迷。数学家陈景润，为了攻克"哥德巴赫猜想"，坚持每天清晨三点起床学外语，每天去图书馆，沉浸在数学符号的海洋中。好几次因为没有听见管理员"闭馆"的喊声而被反锁在图书馆里，但他毫不介意，继续回到书堆中。不难看出，不和工作打成一片，不免会被成绩拒之门外；不与事业融为一体，一生注定难有作为建树；不在岗位倾注爱心，能力素质不会轻易光顾。要有执着岗位的定力。这种定力，根植于事业，投射于岗位。这种定力，贵在静下心来，沉下身子。这种定力，不随波逐流，不心浮气躁，不被外界的灯红酒绿诱惑，不为梦寐的功名利禄左右，心无旁骛地干好手中活、分内事。这种定力，耐得住寂寞，守得住清贫，经得住诱惑，抗得住重压，受得住磨炼。晋代著名书法家王献之练字用尽 18 缸水，终于成为一代书法大家，彰显的是不达目的誓不休的定力；马克思呕心沥血，花了 40 年时间写成鸿篇巨著《资本论》，透露的是打破资本主义剥削枷锁的定力；杨善洲退休后在大亮山林场一干就是 22 年，建成了面积 8 万亩、价值 1 亿多元的林场，并无偿交给了国家，展示的是一生报国为民的定力。拥有执着岗位的定力，也一定会有助你走向成功的一臂之力。要有敬业献身的大爱。五代画家厉归真为画虎亲入深山蹲守虎穴，观察虎的神态，全然不顾生命危险。诺贝尔为了研究硝化甘油发生爆炸，包括最小的弟弟和 5 个助手全部被炸死，自己也被炸得浑身是血，却依然坚持自己的实验。我们并不提倡像上述人物一样为事业呕心沥血、不惜生命，但这种忘我工作、献身事业的精神是值得学习和借鉴的。

勇于磨砺摔打

　　"一只陀螺只有不停地抽打才能保持高速旋转，一支军队只有不断地摔打才能永远立于不败之地"，这是全军第九届文艺会演话剧《陀螺山一号》中的一句台词。陀螺经抽打才显现其精彩，一个人也是这样，经摔打才展现其风采。一个人要成就自己，磨砺是必经的挑战，因此应该做好充分的思想准备。

　　奋斗是艰苦的代名词，有价值的人生无不与艰苦为伴。成长有脱胎换骨之苦，追求有埋头奉献之苦，创业有抛家离子之苦，平心而论，谁都向往人生和事业平坦、安然，都不希望自己的生活和工作波澜起伏，经常遇到困难，遭受挫折。但一个人要想有所作为，就必须有强大的内心。

　　必须有"猪圈难养千里马，花盆难栽万年松"的忧患。雏鹰不经历悬崖上的生死考验怎能展翅高飞？花蕾不经历风吹雨打的摧残怎能竞相绽放？柳条不经历寒冬的肃杀怎能抽出新芽？军人不经历严格的训练怎能英勇善战？毫无疑问，只有经历过地狱般的磨炼，才能有征服天堂的力量；只有流过血的手指，才能有百步穿杨的绝响；只有经受了血与火的洗礼，才能有敢打必胜的意志和坚强。要想拥有成长的广阔天空，必须树立鹰击长空的远大志向，摒弃安于现状的知足，打破坐井观天的狭隘，消除抱残守缺的顽固，以理想为长，以事业为宽，以奋斗为高，赢取任凭驰骋的作为空间。

必须有"从来纨绔少伟男，自古雄才多磨难"的奋斗。甘于磨砺就要深刻理解奋斗的内涵，奋斗的名片是"直面苦难"。张海迪面对身体的残疾高呼："即使翅膀断了，心也要飞翔"；贝多芬面对失聪后的生活大喊："我要扼住命运的咽喉，它不能使我完全屈服"；霍金面对身体的瘫痪，仍然孜孜不倦，让思绪在宇宙中遨游。人或有苦难，或遇灾祸，但并不能泯灭奋斗的灵魂。奋斗的标志是"不拒逆境"。苏轼大起大落的仕途人生使他具有了浪漫旷达的性情；屡遭挫折的美国总统林肯因为磨砺而更加坚定他解放黑人奴隶的信念。不经历风雨哪能见彩虹，拥有逆境，你就拥有了人生的经验财富。奋斗的荣誉是"励精图治"。凤凰涅槃，为的是震撼人心的美丽；蚕蛹作茧自缚，为的是破茧重生的希望；苍鹰自拔其羽，为的是一飞冲天的骄傲。奋斗是一种美丽，因为有励精图治作为色彩。奋斗必须磨砺自己，需要付出时间和耐心，需要经受寂寞和孤独，需要挑战困境和风险，需要战胜惰性和畏惧。如果贪图安逸而不思进取，乐于养尊处优，只能使自己陷于庸碌无为的境地。

必须有"宝剑锋从磨砺出，梅花香自苦寒来"的前行动力。西方谚语说"伟大和舒服是不能并存的"。无论是名人志士，还是世间万物，成就的途径离不开磨砺。贝壳因磨砺怀抱珍珠，生铁因磨砺融铸成钢。奋进新时代，更应以苦为乐，自觉适应艰苦的环境和条件，保持爱岗敬业的奉献情怀；学会借用外力，在承担各种工作和任务中摔打自己，锻造全面过硬的能力素质；不断坚定意志，在急难险重活动中接受挑战，激发敢于亮剑的精神士气。

言之祸福

南朝宋孝武帝曾赐给谢庄一口宝剑，谢庄把它送给了豫州刺史鲁爽。后来鲁爽兴兵叛乱，兵败被杀。宋孝武帝在一次宴会上向谢庄问起了宝剑的下落。谢庄回答说："过去我与鲁爽作别之时，私自为陛下作了命他自杀的杜邮之赐。"所谓杜邮，指的是秦昭王赐剑令白起自杀的地方。宋孝武帝听了非常高兴，当时的人把这当作见识深远之言。

相比于谢庄，同是南朝的另一位大臣就没那么机敏和幸运了。梁元帝一日雅兴大发，与诸位大臣一起游山逛水。当大家尽兴泛舟在烟雨朦胧的湖上时，一位大臣趁机拍马说："烟波浩渺，圣上亲临盛会，自有'帝子降兮北渚'！"然而，颇有文学功底的梁元帝听后却脸色一变："这是屈原《九歌》里面的一句经典啊，下一句就是'目眇眇兮愁予'，你莫不是借此笑话朕的眼睛吧？"当即下令砍了这个可怜大臣的头。原来，梁元帝早年因病而一眼失明，非常忌讳眼睛的话题。

《论语》中有"敏于事而慎于言"的古训，唐代姚崇《口箴》亦有"君子欲讷，吉人寡辞"的劝诫。因为口为福祸之门，"一言可以致福，一言可以致祸"。善言可以斡旋危难、化险为夷，多言不免弄巧成拙、言出祸从。

面对不敬

在生活中，我们每个人不免会遭遇欺侮和不敬，也会发出如寒山和尚那样的疑问："世间有人谤我、欺我、辱我、笑我、轻我、贱我、恶我、骗我，该如何处之乎？"是否也会这样回答："只需忍他、让他、由他、避他、耐他、敬他、不要理他，再待几年，你且看他。"采取"忍一时风平浪静，退一步海阔天空"的态度呢？应该说，对于不在一个层次的人，不与计较的"忍"和"退"是必要的，但并非无原则的逆来顺受和隐忍，在一些特殊场景也需要有针锋相对的"智"和"辩"。

南朝刘义庆所著的《世说新语·言语第二》中记载了一桩孔融少时的趣事：孔融十岁时，跟随父亲到洛阳。当时李元礼很有名气，任司隶校尉，可以登门拜见的都是些才貌出众的人以及自己的亲戚。孔融来到门前，对守门人说："我是李府君的亲戚。"通报之后，进了门。李元礼问："您和我是什么亲戚啊？"孔融回答说："从前我的先祖孔子曾经拜您的先祖老子为师，所以，我和您是世代之好呀！"李元礼和在座宾客没有不对他的话感到惊奇的。太中大夫陈韪后到，有人把孔融的话告诉了他。他不屑地说了一句："小时了了，大未必佳。"意思是小的时候很聪明，长大了未必会有才华。孔融听后也回了一句："想君小时，必当了了。"——"我猜想您小的时候一定很聪明吧。"陈韪听了非常尴尬。

朱熹《中庸集注》中有句话说："故君子之治人也，即以其人之道，还治其人之身。"辩论中采取换位思辨法，更容易揭穿对方观点的谬误，孔融虽然年少但反应敏捷，与李元礼的对话已展现了过人的智慧。对于陈韪鄙视的说法，以其人之言推论其人之智，有力地驳斥了以年龄论才智的轻蔑。因此，与人为善重于与人嫌隙，古人所告诫的："戏则不敬，不敬则慢，慢而无礼，悖逆将生"，理应成为我们立身做人的处世之戒。

英国著名戏剧家萧伯纳的剧本《武器与人》首次公演获得巨大成功。许多观众在剧终时要求萧伯纳走上舞台，接受观众的祝贺。于是萧伯纳应邀走上了舞台，当他准备向观众致意时，突然有一个人对他大声喊叫："萧伯纳，你的剧本糟透了，谁要看！收回去，停演吧！"观众大吃一惊，大家以为萧伯纳一定会气得浑身发抖，肯定会抗议这个人的挑衅。谁知道萧伯纳并不生气，反而笑容满面地向那个人深深地鞠了一躬，彬彬有礼地说："我的朋友，你说得对，我完全同意你的意见。"说着，他转向台下的观众说："遗憾的是，你和我两个人反对这么多观众能起到什么作用呢？你和我能禁止这个剧本演出吗？"萧伯纳话音刚落，全场一阵哄笑，紧接着是观众对萧伯纳报以热烈的掌声。

北宋文学家苏轼在《留侯论》中对人之不敬有句精彩的论述："天下有大勇者，卒然临之而不惊，无故加之而不怒。此其所挟持者甚大，而其志甚远也。"面对突如其来的冒犯和欺凌，萧伯纳"卒然临之而不惊，无故加之而不怒"，不卑不亢又不失风度，展现的不仅仅是良好的个人修养，能机智反怼，把对方推向与赞成自己的绝大多数观众的对立面，赢得了舆论，更代表着一个人的格局和实力。

一个人在自己遭遇不敬时忍气吞声，无原则地回避退让，不敢维护自己的权益，不仅会自降人格，成为软弱可欺的懦夫，同时也是在纵容丑恶、放任伤害。

在马克思的女儿问父亲的 20 个问题中，有一个涉及如何理解幸福，马克思的回答非常明确："对幸福的理解——斗争；对不幸的理解——屈服。"如果说他人的不敬和欺侮是一种不幸的话，忍退并不意味着屈服，而斗争却意味着尊严和幸福。

认真的精神最出彩

认真是工作应有的态度，必须做到无私无畏、敢于担当，把认真精神落实到工作的方方面面。

毛泽东同志曾讲过，世界上怕就怕认真二字，共产党就最讲认真。讲认真才能工作上得高分，政治上得人心。认真负责是对工作事业的一种尊重，更是对群众利益的一种负责，它集中体现在"三个充满"上：充满工作信心，不论工作任务再多再急再重，都乐观积极，不怕苦、不畏难，善于发现优势、团结周围力量和调动积极因素。培养主动性，始终怀有干不好工作就"寝不安席，食不甘味"的责任感，怀有勇于担当、务求必成的事业精神。充满工作激情，要有四股劲：有埋头苦干的干劲，能放得下名利包袱，排得了私心杂念，心思静得下来，业务钻得进去；有风风火火的闯劲，激发敢为人先的勇气，锻造一干到底的果敢，有着不成功不罢休的坚强意志；有攻坚克难的拼劲，对待工作中的各种矛盾困难偏向虎山行、敢啃硬骨头，具有压倒一切困难的斗志，狭路相逢勇者胜的气概，凝聚集体力量攻关的智慧；有咬定青山的韧劲，考验面前能抗压耐挫，重大任务能连续作战，竞争较量能血战到底。

《道德经》中有句名言："天下大事，必作于细。"要充分筹划准备，要站高一级思考，下看一级抓建，善于走在领导后，想在领导前，及时处理交办事项或新情况新问题，不能原样上报请示，务必对可能涉及的人员、物资、时间、环境等要素进行必要的调查了解，主动提供上级和本级的现实情况，提出初步的相关建议方案。要亲力亲为，务必深入一线和工作末端，每个事项都要知道特点利弊，每个点位都要走到转到查到，每个环节都要提前演习排练。要全程跟踪把关，掌控事物动态瞬息万变的特征，做好预测，及时排除隐患，全程无缝对接，不到最后一刻不放手，在过程管控中达到目的。

工作有标准才能走向卓越，始终立于不败之地，这其中包含了三方面的含义：要坚定决心，要有踏石留印、抓铁有痕的决心，要有铁腕的办法，硬性的要求，有力的举措，确保工作任务按期完成。要精益求精，怀有"没有最好，只有更好"的情怀，坚持"注重细节，追求极致，干到精致"的标准，锤炼"人无我有，人有我优，人优我强"的境界，达成"能当示范，堪称完美"的效果。要竭尽全力，不满足于尽力而为，要想方设法竭尽所能地战斗到底，温州人有种叫"四千四万"和"三板"的精神，充分体现了不达目的不罢休的奋斗精神："走过千山万水，历经千难万险，说尽千言万语，吃尽千辛万苦"，"白天当老板，晚上睡地板，还要看黑板"，这种精神值得学习借鉴，也必然催人奋进、有所作为。

莫闯成长进取"黄灯"

黄灯本是交通规则里的一个警示信号，表示绿灯已过，即将红灯禁行。但日常行车中，不少驾驶车辆者乐于闯黄灯，一练眼明脚快之功，在有限的几秒内加速抢行，却带来了不少安全上的隐患。

从闯黄灯的主观动机和客观因素看，不外乎有以下几点：一是心浮气躁，不想丧失前行的机遇，认为错过了就要再等下一次绿灯，与本是同行却过了绿灯的车辆拉开了距离。二是法规意识、纪律观念不强，侥幸心理偏重，自认为能过必过，宁抢一秒，不停一分。三是制度规定还不够完善，《道路交通安全法实施条例》中规定："黄灯亮时，已越过停止线的车辆可以继续通行"，但并没有硬性规定黄灯亮时，未越过停止线的车辆不能通行，这给闯黄灯者带来闯制度的空间。毋庸置疑，闯黄灯不可取，黄灯隐藏着危险，闯之如闯祸，即使侥幸不出问题，这种不良习惯若是养成了，出状况也是迟早的事。有数据显示，发生人员伤亡事故近3%是由于闯黄灯引起的。而全国首例"闯黄灯"案的上诉人舒江荣也以败诉告终，警示人们闯黄灯不但违法还可能害人害己。

一个人何尝不是如此，在成长进取的道路上也常常有"黄灯"。现今社会快速发展，讲时效讲速度，习惯物质待遇的"攀比晒"，追求事业名利的"短平快"，同时却也产生了浮躁功利心态。

　　人生一步之差，可能会造成成败的千里之遥，一个人在关系到自己前途命运之时，突遭一刀切的政策阻挡时，断然是心有不甘的。就像在一道决定命运的录取分数线面前，最后录取的他和差一分的你又有多大差别呢？同样，当你辛苦工作、不乏成绩却因偶发安全、违纪等问题被一票否决而使努力付之东流时，会作何感想？还有当自身素质尚好而任职届满、发展受限、领导不器重等让你面临转业退役时，组织谈话和教育能有多少感叹呢？有的人会去抱怨政策不公，怀疑有暗箱操作，由此心生玩世不恭的对立情绪，甚至把时间精力耗费在无谓的抗争中。其实不妨有的态度是，坦然面对现实，找一找问题所在，让自己做得更好，找准自己的价值坐标，准备迎接下一次属于自己的机遇。

　　有的事，看似可行，却容易闯入万劫不复的险境。在一次次闯"黄灯"与有一天发生恶果之间正是祸患潜伏的黄灯期，正如世间一幕幕飞蛾扑火般前赴后继的悲剧，值得人们去深思。有的心术不正怀有不可告人的目的，以诱人谎言蒙骗单纯之人；也有的生活腐化沉迷女色，出入不健康娱乐场所，一失足成千古恨。这些举动都最终会因东窗事发而追悔莫及，如此纪律"黄灯"切记试之不得，闯之必悔。

　　为了生存质量透支生命，这也许是你我他都在不同程度经常做的事，因为新的时代新的形势下，高标准、快节奏的工作使我们每个人都背负了巨大压力。当我们为编织关系网、求人办事、接待应酬无奈地推杯换盏时，当我们为工作事业加班加点而疏于锻炼不顾身心时，当我们遭遇中伤、误解而自暴自弃时，你是不是在一次又一次闯健康"黄灯"呢？身体是革命的本钱，浅显的道理人人皆知却往往身不由己，然而，当健康离你而去时，也是事业和幸福离你而去之时。

在我们成长进取的前行道路上，欢喜的是认可的放行"绿灯"，纠结的是否定的禁行"红灯"，而容易麻痹放松的却是充满诱惑的"黄灯"，这是最为危险的，一定看清，莫要闯。

厚积方有薄发时

苏东坡说过"博观而约取，厚积而薄发"，对于天分并不突出的人而言，这句话尤其值得细细品味。因为，它包含了催人奋进的励志情怀和人生哲理。它要求我们在勤奋博学中凝智慧，在岗位实践中积跬步，在工作点滴中筑根基，只要我们时刻准备展示，注重素质积淀，机遇终垂青，薄发定有时。

甘于夯基固本。我们也许惊叹达·芬奇绘画的独特神韵，仰慕王羲之书法的精湛，但更应知道达·芬奇是从学画鸡蛋入门的，王羲之洗砚的池塘被染成了黑色，可见卓越的成就必定是从基础做起。有一个青年画家，画出来的画总是很难卖出。他看到大画家阿道夫·门采尔的画很受欢迎，便登门求教。他问门采尔："我画一幅画往往只用一天不到的时间，可为什么卖掉它却要等上一年？"门采尔沉思了一下，对他说："请倒过来试试。"青年人不解地问："倒过来？"门采尔说："对，倒过来！要是你花一年的时间去画，那么，只要一天时间就能卖掉它。"这则故事告诉我们，打牢基础才能有立足之地，不懈努力才可能一鸣惊人。不少人目睹他人一夜暴富或功成名就，妒羡之余不免内心浮躁涌动，心态易起波澜，不愿固守难以显山露水的本职，不甘沉于清苦平凡的岗位，凡事急功近利，喜好舍本逐末，这在追求事业的道路上是极不可取的。实践显示，抓基层打基础是一个单位或个人干工作抓建设的永恒主题，甘于寂寞，坚持做下去，必能于无声处见芳华。

勤于积小集细。唐朝诗人李贺，七岁能赋诗，人们称他为"神童"。其实，他的成就除了天赋之外，主要得益于他平时的勤奋和积累。他每天吃过早饭，背上破旧的布囊，骑驴出门云游，观察生活。一旦有所得，他立即记在纸上，投入囊中。晚上回到家里，再选择、归类、整理。天长地久，他积累了大量的生活素材。他运用这些素材加以创新，终于写出了不少为后人传诵的名篇佳作。积小集细，就要做工作生活的有心人，时时处处留心观察，将点滴事物的智慧闪现为我所用；就要当学习积累的小学生，善于把所学所问所思分类记录、整理提炼化为己有；就要像惜时如金的短跑运动员，把业余时间、节假日、8 小时以外充分利用起来，少打牌喝酒，多学习思考，少聚会娱乐，多观察实践。

乐于笨鸟先飞。曾国藩幼时天赋并不高。有一天，他在家中背书，一篇文章不知重复了多少遍，还没背下来。这时，他家来了一个贼，潜伏于屋檐下，想等他背完睡觉之后下手偷东西。可是等啊等，就是不见他睡觉，还是翻来覆去读那篇文章。贼人大怒，一跃而起，训斥曾几句，将那篇文章背诵一遍，扬长而去。曾国藩心想，这贼记忆力真好！听过几遍的文章都能背下来，可惜，没用在正道上，我天赋不高，更应以勤为径了。他一生勤奋不息，虚心求教，博采众长，不因平庸而懈其志，终成位居"中兴名臣"之首的政治家。在美国，有一个人每一天都做同一件事：天刚放亮，就伏在打字机前开始一天的写作。这个男人名叫斯蒂芬·金，一年之中，他只有三天时间是例外的：生日、圣诞节、美国独立日。斯蒂芬·金的经历十分坎坷，他曾经潦倒得连电话费都交不出，电话公司因此而掐断了他的电话线。但正是在刻苦勤奋不懈努力下，他成了世界上著名的恐怖小说大师，稿约不断。斯蒂芬·金的秘诀很简单，只有两个字：勤奋。勤奋给他带来的好处是：永不枯竭的灵感。

　　从中外两位名人身上不难悟出的是，勤不仅仅能补拙，更能催生卓越。要做自知之明的笨鸟，有以短为耻的自尊，有不进则退的压力；勇做奋斗不息的笨鸟，笃定精卫填海的决心，打造愚公移山的坚韧，磨砺滴水穿石的意志。

年轻干部的守与破

为政之要首在得人。年轻干部是干事创业的生力军，是党的事业兴旺发达的希望所在。新时代面临竞争融合共生的政治环境，机遇与挑战并存的发展环境，年轻干部如何守与破，担当改革发展重任，实践政治上靠得住、工作上有本事、作风上过得硬、人民群众信得过的具体要求，是必须直面回答的时代课题。

坚守自己的政治信仰。人生如屋，信念如柱。政治信仰是一个人安身立命、干事创业的思想根基，年轻干部要实现抱负、行稳致远，就要系好人生的第一粒扣子。杰出的革命家张闻天认为，青年的优点是有高尚的理想，这是青年最可宝贵的东西，要坚持理想并奋斗到底。年轻干部必须坚定共产主义远大理想，真诚信仰马克思主义，把对党绝对忠诚作为最纯真的政治底色和红色基因，始终用忠诚点亮理想之光，补足精神之"钙"，坚守共产党人的精神家园；坚定不移地维护核心、紧跟核心、看齐核心，增强"四个意识"，坚定"四个自信"，越是形势严峻，越是风云变幻，越是矛盾尖锐，越要保持政治定力，当好政治上的明白人。

坚守自己的价值追求。马克思在17岁所写的《青年在选择职业时的考虑》中提出，要选择最能为人类幸福而工作的职业，能够为它牺牲生命、竭尽全力。年轻干部刚刚走上工作岗位，也是端正价值追求的关键期。如果心浮气躁、心思功利，就容易出现价值选择摇摆、价值定位偏移的问题。因此，要把立党为公、贡献社会、服务为民作为根本的责任和使命，让个人命运与国家命运紧密联系，立志做大事，而非立志做大官，不计较个人的一时得失、一事成败、一职高低，而要聚焦自身的知识空白、经验盲区、能力弱项，努力提高专业素养，不断学习进取，创造出经得起实践、人民、历史检验的实绩。

坚守自己的人格底线。年轻干部往往崇尚民主、向往自由、不喜约束，但要实现健康成长进步，就需要严格的党性教育和纪律约束作保证。一是政治上不触"红线"，严明政治纪律和政治规矩，杜绝拉帮结派、诋毁传谣的行为，剔除阳奉阴违、欺上瞒下的弊害，坚决不当两面派，不做两面人。二是纪律上不碰"高压线"，紧绷拒腐防变这根弦，时刻防范贪污贿赂、滥权渎职的隐患，遏制权力寻租、利益输送等苗头。三是生活上不越"底线"，培养健康生活情趣，自觉净化生活圈、交往圈、娱乐圈，用权上守住原则，交友上把住人品，生活上管住小节，坚决抵制各种诱惑和"围猎"。

坚持破虚务实。年轻干部朝气蓬勃有活力，建功意识强，但也存在急功近利、图名挂号、追求形式等不良习气。年轻干部应不弛于空想、不骛于虚声，力戒形式主义、官僚主义，不讲空话虚言，不搞花拳绣腿，不做表面文章，坚持办实事、出实招、求实效，以钉钉子精神把各项工作做实做细做好。曾国藩说过："凡做一事，便须全副精神，注在一事，首尾不懈，不可见异思迁。"年轻干部破虚务实，就要聚精会神干事业，心无旁骛谋发展，为民族复兴伟业贡献力量。

敢于破旧创新。大多年轻干部具有文化学历高，接受新事物快，思维活跃的优势，但也容易被失败挫折所困扰，变得求稳怕险，患得患失。"不革其旧，安能从新。"创新是年轻干部成长的加速器。年轻干部要把聪明和智慧用在破旧创新上，发挥在会干善干上，不惧风险、不怕失败，敢想敢干、敢闯敢试，破除对权威的迷信、对经验的束缚，从传统的思维模式中解放出来，从固化的利益格局中解放出来，从保守的观念束缚中解放出来，以市场思维、开放思维、创新思维和法治思维，啃下改革的硬骨头，扫除发展的拦路虎。

一线破难攻坚。改革开放进入深水区、攻坚期，特别需要知难而进、迎难而上的狮子型干部。年轻干部进步心切、激情很高，但工作历练尚短，经验相对欠缺。在基层摔打历练，在一线破解难题，是年轻干部成长成才的重要途径。年轻干部需要在改革发展主战场、维护稳定第一线、服务群众最前沿等关键、吃劲岗位锻造历练，接一接"烫手的山芋"，当一当"热锅上的蚂蚁"，上一上"刀山火海"，接受"真刀真枪"的摔打锻炼。

青年兴则国家兴，青年强则国家强。作为新时代的年轻干部，守是坚守矢志奋斗的初心，破是冲破陈规旧矩的羁绊，需要一往无前、砥砺有为，奉献火热的青春、年轻的力量！

变害为利，何尝不是一种成长

人生在世，难免会有各种各样的苦难和折磨。很多时候，我们以为的黑暗，其实是光明到来的前兆。他人的伤害未必对自己都是消极的、恶意的，也可能是推动我们向前向上的动力。

《淮南子·人间训》载，春秋末年，鲁国季孙氏的家臣阳虎作乱，鲁国国君命令手下人关闭城门搜捕阳虎，宣布凡抓获阳虎者有重赏，放走阳虎者要从重处罚。追捕者将城门层层包围起来，阳虎逃至一城门自感无路可逃，万般无奈之下举剑准备自刎。这时有位守门人劝阻他说："天下那么大，足以容纳你，何必自杀？我放你出城去。"阳虎振作精神冲出重围，挥舞宝剑提着戈奔跑冲杀。那位守门人乘混乱之机放阳虎出了城门。阳虎出城以后又折返回来，找到放他出城的守门人，举戈刺他，戈刺破袖子伤及腋部。这让守门人愤怒不已："我本来就和你非亲非故，为了救你我冒着被处死罪的风险，可你却恩将仇报刺伤我。真是活该啊，会碰上这样的灾难。"然而阳虎并不理会，匆匆逃离而去。

鲁国国君听说阳虎竟然在重重包围下脱身，不由大怒，查问阳虎是从哪座城门逃脱的，并派主管官员拘捕守门人。官员查到受伤的守门人，被认定是阻拦阳虎出城的，要重赏；而没有受伤的守门人有故意放走阳虎之嫌，要重罚甚至处死。于是放走阳虎的守门人得以幸免。刘安因此感叹："此所谓害之而反利者也。"

日本有部电影《狐狸的故事》，其中一个场面令人感触颇深。一对狐狸夫妻产下数只小狐狸，在精心哺养小狐狸至 5 个月的时候，狐狸夫妻却突然不近情理起来，对着曾经百般宠爱的小狐狸撕咬怒吼，无情地将它们从家中赶走。尽管那些被咬伤的小狐狸眼中充满着忧伤和委屈，然而狐狸爸妈仍是义无反顾地坚定和决绝。或许，这些小狐狸日后独立生存时会明白父母的苦心。狐狸爸妈的这种举动，何尝不是一种深沉的爱？如果面对残酷的竞争环境，不知道适者生存的法则，那么必然会被无情地淘汰。

枣树是一种开花很多却坐果很少的果树，看上去满满的一树花，可能坐不了几个果。有人统计过，即使栽培管理较好，多数良种产量较高的丰产树，花朵的坐果率也仅有 1%～2%，亩产量达到 3000 斤以上，就接近或已达到树体高产的限度。为了让枣树能多坐果，勤劳聪明的人们采取了一种环剥的方法，即用刀在树干中上部环切去一圈树皮后形成断层，截留养分使之不能流往根系而直接回流至枣树的上部，使开花的枝条得到充足的营养，从而让枣树多坐果、坐好果，可提高 30% 以上的坐果率。枣树看似受到了伤害，却提高了产量。

《士兵突击》中有一个情节，在老 A（特种部队代称）选拔考核期间，"恶的善良人"袁朗作为总教头可以说是用尽一切恶魔手段来考验士兵。许三多说他犯了众怒，但这恰恰是袁朗本质的善，他千方百计地折磨历练手下士兵，就是希望他们能在战场上保全自己。

伤害，从来不曾缺席。自然界如此，人生何尝不是这样？当我们身处精神失落、物质生活悬殊、工作节奏加快、社会竞争加剧的时代，心态常被浮躁、敏感和脆弱所左右，有没有承受挫折和伤害的能力显得尤为重要。我们当然不能接受刻意的侮辱和伤害，但也不能误解狐狸驱幼、枣树环剥的"伤害"。

　　培根说："奇迹多是在厄运中出现的。"有种爱叫严苛和伤害，因为希冀完美而求全责备，因为期待更好而声色俱厉。伤害，有时是一种"恶"的善良。这种伤害，成就着你的勇敢、坚强和从容，也决定着你的格局境界和人生征途。

第六辑

不妨迈步人生的『天桥』

投豆的力量

    相传，战国时期的楚国国君有个最得意的士兵，他总是能够一箭射中百步外的靶子。有一天，楚王突发奇想，对这位士兵提出一个要求，他要这位士兵用豆子来组成一支军队，并且给他十天的时间完成。士兵虽然觉得这个要求非常奇怪，但他还是接受了任务。十天内，他在每一粒豆子上刻下兵器的形状，然后将它们摆成军队阵形。当楚王看到这个奇特的军队时，不禁为之赞叹不已。这也是"撒豆成兵"的典故。它告诉我们，只要像士兵用一粒粒豆子来构建军队一样，持之以恒、坚持不懈，即使是最微小的行动和努力，也能够积累成巨，求强图变。

    北宋有一个名叫赵概的官员，在自己案头摆放了一个瓶子和黑白两种豆子。"起一善念，投一白豆于瓶；起一恶念，投一黑豆于瓶"，以此来检验自己一天的进步与过失。刚开始黑豆较多，但他时时自省、改过自新，结果瓶中的白豆越来越多，黑豆越来越少，赵概也以德高而闻名于世。他历经宋仁宗、宋英宗、宋神宗三朝，既管理过民政做地方官员，又历职兵部执掌军事，真可谓文武双全，治国之能臣。

    在犹太人中，有这样一个广为流传的故事：犹太人卖豆子时，往往会根据市场需要变换策略，如果豆子行情不好卖不出去，他们会将还没有卖出去的豆子投土种下，让豆子变成豆芽，然后再去卖。如果豆芽还是卖不出去，就继续培育它们成长为豆苗。而当市场上的豆芽、豆苗都卖不出去时，那就任它生长，再把它移栽到花盆中，作为盆景出售。

在延安革命纪念馆内有一幅"投豆选举"的照片，讲述的是陕甘宁边区民主选举的故事。拥护谁，就把手里的豆子投在谁面前的碗里。用陕北话说，就是"一颗豆豆要顶一颗豆豆的事哩"，要选出自己信任的"官"和政府。当年的口号是"民主政治，选举第一"，一首歌谣在群众中广为传唱："金豆豆，银豆豆，颗颗不能随便丢，选好人呀办好事，步步引咱走正路。"正是通过投豆选举这种方式，根据地建立起真正的民主政权，也为建立新中国赢得了广泛的人心民意。

豆子很普通，投豆有文章。士兵的投豆，投下的是执着，成就的是事业；赵概的投豆，投下的是自审，回馈的是品德；犹太人投豆，投下的是变通，收获的是财富；人民的投豆，投下的是信任，赢得的是未来。

"博眼球"不可出格越位

眼下，短视频平台非常火爆，但由此产生的"网红"们，为了吸引用户点赞、转发、赚流量，奇招频出，有的甚至突破了法律的红线。

形色各异的"博眼球"之举在不同场合不时上演，不禁让人瞠目结舌。如最近在上海地铁 13 号线武宁路站台上，两名年轻女子行走时多次做出劈叉动作，并拍摄相关视频上传网络，而两人未按要求戴好口罩，舆论之下，两名涉事女子不得不在短视频平台道歉。而一些"大胃王"吃播秀，为了博眼球、赚流量，甚至用上了假吃、催吐、海塞等"把戏"，不仅伤害自身身体，也造成食物的无端浪费。有的网络主播为追逐"流量"，专门拍摄"出格"视频，如经过化装假扮成僵尸等恐怖形象在车厢内骚扰乘客，或者通过虚报突发状况惊吓乘客引起秩序混乱，做出怪异夸张举动，只为赢得网络点击量。

更令人惊悚的是，有些网络主播和民众为了拍视频"博眼球"，甚至还拿生命冒险。早在 2017 年，四川广汉某网络平台爆出三名女中学生在高速路上直播跳舞的视频，全然不顾身旁飞速驶过的车辆。2020 年 7 月，一名男子为了显示自己的勇气，在上海外滩北京路观景平台开启网络直播后，不顾劝阻站上了江边护栏，随后跳入黄浦江，这一幕"直播跳江"引来很多人围观，也惊动了消防队员和120急救车赶到现场实施营救。而最近引发关注的青海省海西州格尔木市G315国道的一段"网红U型公路"，众多国内外游客前去打卡拍照。不少游客在公路中间以站、坐、躺、跳等各种姿势拍照，给自身和过往车辆造成了极大安全隐患。

随着信息技术的飞速发展和物质生活的极大丰富，人们更多地开始追求精神生活的充盈和满足，在人人都是自媒体的时代，既为每个人充分展示自我提供了空间，也充分发挥了网络的价值，但不容忽视的是，网络视频、网络直播并非属于法外之地。

由于个人的自媒体秀场和盈利摆脱不了公共空间的属性，不可避免地要承担道德和法律的责任。地铁、道路、广场等公共场所不是游乐场，也不是取景地，绝不能肆意扰乱公共秩序。以"博眼球""涨粉"，追求"流量至上"来收获狭隘的心理满足，既伤风败俗，也误人害己。凡事过犹不及，一旦出格越位，就必须接受道德的谴责和应有的惩戒。而一睹为快的受众大多抱有猎奇心态，如果不加分辨地为出格越位之举点赞打赏并乐此不疲，那么无形中也在推波助澜。

网络视频和网络直播作为一种影响力日益深远的新兴阵地，弘扬健康向上的主旋律，成为发展的"推进器"、民意的"晴雨表"、社会的"正能量"是其应有之义，而不能贩卖庸俗怪异和传递扭曲的价值观，成为毫无底线、丧失原则的名利场。

走出"协调"的误区

我们常说，某人善于协调，指的是他能游走于上下机关，办妥利益相关的大小事，办成棘手复杂的急难事，这样的人，一般会受到领导的关注，也会受到身边人的羡慕。于是被称为有能耐、会来事，而老实工作、不善来事的同志则被打上协调能力差、素质有短板的标签。协调能力似乎也成为一些领导或机关干部的必备素质，干部调整时用以衡量，择朋交友时作为参考，于是乎协调之风就有了市场，而协调之风事实上容易成为请送之风、公关之风，成为阻滞单位建设、工作效率的弊害，成为名副其实的不正之风。

如果联系并审视中国文化和传统，不难发现"协调"之所以为人追捧和受用，是因为自古以来形成的关系社会，每个人工作生活要依附于各种关系之中。这种关系，有的是庸俗关系，如分亲疏远近，搞厚此薄彼；或地域同乡，或从属派系；有宗族家谱，有血脉渊源；存故交情结，存男女私情，等等。总之，纷杂支叉，可以群分，群体内其乐融融；可以类聚，外人则不易融入。复杂多变的人际关系则催生无孔不入的"协调"，所以"协调"可以有其市场，可以自行其道。

协调是需要的，如必要的沟通和诉求，无论是口头的、网送的还是文电式的，却是越短越快、越简单越方便为好，协调应是各级干部或普通群众简单易行的方式，而不应成为人人渴望企及的高素质，在依法行政的大环境下，如果将协调作为一种素质和能力来推崇则是谬误。因为，协调只是一种通知，是将办事请求或工作指令的送达，犹如邮差一般尽告知义务而已。相关职能部门或办事人员必须依据职责积极协助、主动办理，让"最多跑一次"成为风尚，而不应存有门难进、脸难看、事难办之怪状。但有办事之权的人不乏谋利行私的心态、趋炎附势的劣根，从而导致拖办、误办、虚办、不办的后果。

其实，不用过多剖析"协调"的实质，重要的是解决问题。应该看到，有的"协调"不排除是意欲突破原则底线、纪律红线，打政策法规的擦边球。因此，协调简单化是一个法治社会高效运行的标志和符号。"协调"更应与人品和修养挂钩，要行教育之责、引导之力，淡化"协调"之风气，将心思精力放到正事实事上、各尽其责各司其职上，强化履职敬业的责任感。

如此 "五勤" 不可取

不少领导机关、基层单位都强调干工作抓落实要做到眼勤、口勤、耳勤、手勤、腿勤这 "五勤"，并将之作为衡量一个人工作作风的标准。但从另一方面来讲，如果把这 "五勤" 用偏了，则对工作危害不小。

眼勤——盯着利益犯 "红眼病"。这些同志大多眼中盯的是各种利益，却看不到基层建设的矛盾问题和群众的实际困难，看不到自身的短板弱项，看不到事物主流和积极因素。有的唯利是图，看到好处就想要，看到位置就想争，看到领导就奉承，看到部属就训斥；有的喜欢用医生的视角、警察的眼光看人看事，满眼都是毛病和问题，处处打击积极性；还有的眼光势利，遇事眼观六路，见风使舵，服务看级别，办事看来头，工作看交情，如同缺乏立场没有原则的墙头草。

口勤——牢骚满腹乱发议论。有此表现者往往心胸狭隘、情趣低级、爱搬弄是非。对国家政策人事变动主观猜测，对社会不良现象胡乱怪罪，对一些新规定新举措说三道四，对不合自身利益的事乱发议论，对同事诽谤诋毁，对他人隐私口无遮拦，对花边新闻小道消息津津乐道，对灰色言论黄色段子张口道来，对班子、干部调整风言风语，对批评处理牢骚满腹。

耳勤——听风是雨偏听偏信。犯此病者耳根子偏软，没有自己的主心骨。喜爱听小报告，听身边人嘀咕，听进的多是不实之言，夸大之词，导致处理问题不分是非曲直，让大家人人自危、相互猜疑；喜好听好话，对歌功颂德溜须拍马的话听得顺耳，对忠言良谏充耳不闻，多凭个人好恶决策；喜欢听汇报，不进行实事求是的检查调研，而任凭部属口若悬河、牵鼻误导。

手勤——四处伸手唯利是图。有此"手勤"者信奉拿来主义，要钱要物不怕手累，功名利禄多多益善。年终总结要奖励，单位奖励要指标，工作干了要荣誉，级别未到要待遇，困难面前要照顾，在职级晋升、立功受奖、工程招标等敏感问题上手伸得很长，没有好处不点头不办事、未见礼数不签字不盖章，收受他人礼物、索取好处、接受贿赂四处见其伸手，却对"手勿伸，伸手必被捉"的告诫置若罔闻。

腿勤——乱拉关系凭空添乱。这类腿勤者并非以工作事业为重，经常脱鞋下田，深入一线，勤于发现问题解决难题，而是用在了他处。有的信奉辛辛苦苦干一年，不如逢年过节到领导家里坐一坐，有事没事往领导家里跑，攀老乡套近乎；有的跑官要官，心思精力不是用在干好工作上，而是用在托关系找门路上；有的热衷于各种交往应酬，编织社会关系，不论什么人员一请就到，不分什么场合哪里都去，甚至违规出入不健康娱乐场所，干违法乱纪的事；还有的工作热情"高涨"，以"指导"基层为乐，一竿子插到底，事无巨细，人为造成基层忙乱。

国清寺随感

　　天台山是台州的一处风景名胜地,《徐霞客游记》中第一篇就是《游天台山日记》。来到台州,本想去附近更负盛名的雁荡山,但因为时间有限选择了天台山,天台山的自然景观并未能一饱眼福,而去了国清寺。尽管国清寺并不大,去处无多,但古物古迹并不少,也让自己有种不枉此行的感觉,因为寺中有内容,自己有所得。

　　建于隋朝的国清寺,是因"寺若成,国即清"而得名。走进寺内却诧异地发现,作为国家级重点文物保护单位,国内外闻名的古刹,香火并不旺,香客很少,也没有一处生意商家。它的门票价格自 2009 年以来一直只收 5 元,和不少名山古刹相比,缺了不少人气,但这正是国清寺的可贵之处。据说,有关单位曾要求国清寺门票提价,但住持断然回绝,说国清寺是佛家神圣净土,不是经商的闹市。这和各地不少名山大川的寺庙百般揽收香火钱、四处摆摊设点吆喝买卖,甚至上网从商拓展声名截然不同,国清寺始终守着一方佛家圣地的庄严清静。相比之下,国清寺是冷清了许多,但它并未因此被人遗忘,它以"佛宗道源,山水神秀"而誉满中外,它的声名犹如寺内散发暗香的隋梅,独自傲立在尘世之中。时代高速发展的今天,我们不妨去国清寺走一走,远离世俗名利,领悟佛家清净。

顺山逐级而上，对两旁粗直又干净的松树有些惊叹，一是直上云霄谓之高耸，二是树干极少分支令人称奇。我在想，这些松树之所以能与众不同，也许就在于它们心无旁骛、一心向上吧。这时同行的战友说，这也是出于生存发展之需，它们不断向上生长也是为了获取更多的阳光。这不无道理，人何尝不是如此，一个人的精力是有限的，事业追求中如果时有分心走神，很可能半途而废难成大事，甚至误入歧途。同样，一个人不能积极进取，就可能落后于日新月异的时代，输在你追我赶的半途中，失去发展进步的阳光。

　　辗转中来到三贤堂，里面供奉着寒山、拾得和丰干三位高僧。其中有一段寒山与拾得的对话，让自己的一个似乎多年未解的谜有了答案。寒山问拾得，世间有人谤我、欺我、辱我、笑我、轻我、贱我、骗我，如何处置？拾得曰：只要忍他、让他、避他、由他、耐他、敬他、不要理他，再过几年，你且看他。人的一生中不免遭遇小人，可能会被诋毁、被侮辱、被伤害……但这实际上也暴露了对方的丑陋卑劣。因为，人在做，天在看；人作恶，天计算。有没有一个长的眼光、宽的心态、高的境界很重要。否则，对小人耿耿于怀，就很容易困住自我，怀疑自己。不妨保持淡定，守住自己的道德，正如有句话说得好，对我不好是你的事，与我无关；对你好是我的事，与你无关。还有曼德拉那句发人深省的话："当我走出囚室迈向通往自由的监狱大门时，我已经清楚，自己若不能把痛苦与怨恨留在身后，那么我其实仍在狱中。"

　　走出国清寺，已近黄昏，天色也暗了下来，心却敞亮多了。

莫添他人瓦上霜

　　近期江南普降大雪，造成交通拥堵。徒步回家途中，看到不少路边商家各扫门前雪。忽闻两个商家起了争执，缘由是火锅店老板责问邻家不该把积雪清理到他们车位边，另一方辩解他们只是把积雪堆置墙角，离火锅店车位还有些距离。双方各据其理，互不相让，争得面红耳赤。从来只听说"自家扫取门前雪，莫管他人瓦上霜"，未曾料到，如今也有新的演绎——"添了他人瓦上霜"。

　　眼前的一幕让我想起前不久读到的另一则消息。说的是有一家纸品厂为规避当地执法部门环保追责，竟然绞尽脑汁，别出心裁地让污染物随河水流入"他乡"，导致污染物任意扩散，这种自恃聪明的做法既损人也不利己，不也是"添了他人瓦上霜"吗？

　　其实，"往别人瓦上添霜"的现象在工作中也屡见不鲜。有的领导对于一些需要自己签字拍板的事，要么转签由他人决定，要么直接呈报上级定夺，以示"尊重"，要么只签个名字，不发表任何意见，实则把决策责任的"霜"添到上下级或同事身上；有的以"集体领导"为名，把个人失责失误的"霜"推到组织身上，搞"法不责众"；有的以"老同志"自居，让年轻人多锻炼锻炼为由，把急险难重、敏感棘手工作任务的"霜"添给年轻同志；还有的借传导压力、层层问责，让下级签责任书、写承诺书、交军令状，把本该自己担当责任的"霜"也转嫁给基层，自己则落得个"无责一身轻"。如此"瓦上添霜"，何尝不是"四风"的改头换面和隐形变异？

"己所不欲，勿施于人。"可以说，对部属和同事的"瓦上添霜"，失去的是信任和团结。"添了他人瓦上霜"令人不齿，"莫添他人瓦上霜"关键在做。

担责不推责。一个时代有一个时代的担当。担当总是与责任联系在一起的，要以主动请缨为荣、以推脱躲闪为耻；以直面困难为荣、以转移矛盾为耻。大事要事当仁不让，急难险重挺身而出，强手劲敌敢于亮剑，舍我其谁干事业，真正把使命放在心上、把责任扛在肩上。

帮难不添难。如何对待"他人瓦上霜"，不仅是思想问题，更是品格问题。要讲团结、重感情、乐奉献，设身处地地帮人难处、助人困境、救人水火。多拉袖帮带，不任由错成乱；多雪中送炭，不刻意生是非；多补台救急，不人为出难题；多领责揽过，不拉人背黑锅。

是否具有担当精神，是否能够忠诚履责、尽心尽责、勇于担责，是检验一个人先进性和纯洁性的重要标准。要做到日常工作能尽责、难题面前敢负责、出现过失敢担责，用铁一般的担当诠释先进纯洁，不可信守"各人自扫门前雪，莫管他人瓦上霜"的消极古训，而要有"齐心共扫门前雪，莫添他人瓦上霜"的政治自觉。

对漠视责任者"一声吼"

　　如果没有一声声警笛，或许一条鲜活生命就将葬送车底；如果没有一声怒吼，或许一幕幕悲剧还将不时上演。

　　最近，浙江嘉兴市公安局交警二大队塘汇中队交警李端因为一则视频火了。事发路口一辆重型半挂车右转弯，正在执勤的李端发现一辆电动自行车正直行通过路口，紧急连续鸣笛示意避让，所幸电动自行车驾驶人被轻微刮擦未受伤。面对李端调监控、讲规章，苦口婆心教育，半挂车驾驶员却自认为没有造成严重后果，交警处罚他"是为了罚款而找借口"。甚至说："压死人是我的事，跟你们没有关系。"闻听此言，李端一声怒吼："你刚才差点压死一个人！我是嘉兴交警，你在嘉兴这个地方造成了交通事故，就归我管！"

　　曾是军人出身的李端有着强烈的事业心和责任感，目睹了太多的违章险情，也处理过不少大小事故，对马路上的悲剧有着切身的感触，但漠视生命，践踏法律，就是触碰了他的底线。一声"就归我管"，吼出了纠错止害的岗位责任，也吼出了责无旁贷的铁肩担当。

　　"福生于畏，祸起于忽。"祸患的发生大多是对事情的怠惰和松懈。据广东交警对 2011 至 2020 年期间的事故统计，使用手机等分心驾驶导致交通事故占比最高，共 168004 起，远远超过其他原因，而每一起交通事故都是血与泪的教训。如果漠视公共安全责任，问题不出不以为然，问题不查心怀侥幸，问题不大我行我素，甚至不撞南墙不回头，不见棺材不落泪，那么风险与灾难就只有一步之遥。

交警李端的"一声吼"之所以能赢得一片点赞，是因为这"一声吼"是对思想麻痹、良知泯灭的震慑，一旦自私自利的思想占了上风，就会把个人私利看得重于一切，把义务责任抛至九霄云外，对如此做法不"大喝一声"不足以使其良心发现，不"怒吼一声"不足以悬崖勒马。"一声吼"也是对冷漠心态、侥幸心理的警告，无论何时何地何事，生命不容漠视，无知不容冒险，底线不容践踏。"一声吼"更是铁面问责、严格执纪的正义，只有对违规违纪零容忍、全覆盖、无禁区，才能让制度成为"带电的高压线"，让法纪成为不可逾越的"红线"。

亚当·斯密在《道德情操论》中指出："责任感应当是我们行动的唯一原则。"没有责任感就没有危机感。缺乏如履薄冰和防微杜渐的责任，对纪律约束置若罔闻，对风险隐患麻木不仁，再安全的举措也会出现险情，再细小的环节也可能酿成大祸。这警示我们，"安全大于天，责任重于山"。任何时候，都需要对道德和规则保持足够的敬畏，以"一声吼"的责任来承担生命之重，以"一声吼"的责任来担当事业之重，真正做到对自己负责，对他人负责。

莫把劝诫当"唠叨"

某君搭顺风车,一路牢骚满腹,抱怨单位领导"唠叨"。不是组织看专题片就是学习各类文件,"烦死了,弄得手头活没时间干"。他尽情宣泄着心中的不满。车子启动了,"当当"响的安全带提示音不断,警示灯也直闪,笔者问某君:"提示音吵不?"他说吵。"烦么?"回答:"是烦!"一分钟左右后,声音消失了,我笑着对他说:"瞧,不响了!"

安全带提示音和各类教育,都像是一种"劝诫"。提示音是为了驾驶员和乘客安全而设,系上会有约束感,不舒服,但它的作用不小,能大大提高安全系数,可安全带系与不系完全由自己决定。你若不系,它便不厌其烦地提示你,会闪灯警示你。若你还是不理会,警示灯也不闪了,完全是后果自负。时下,正值岁末年初,各单位抓安全守法纪的学习教育会多起来,这何尝不是一种关爱和提醒,切勿将教育"劝诫"视为"唠叨"。

"劝诫"除侥幸。最近热播的电视专题片《打铁还需自身硬》上篇《信任不能代替监督》中有个片段,魏某、朱某等人贪腐时面对巨额财富都怀揣侥幸心理,私下窃喜"谁查纪委呀",甚至幼稚地认为监督别人的人就不会受到监督,直至身陷囹圄才追悔"没人看是祸"。魏某、朱某等人以身试法的教训证明，平时逃避"劝诫"、无视"劝诫"，思想上不免日渐松懈，"三观"就会出现偏差，滑入违法乱纪的深渊也并不意外。一些案例警示我们，纪委和执法部门尚处在监督中，还能有哪个部门岗位是设在纪律红线之外，哪个人员处于监督盲区呢？在功利喧嚣和诱惑面前，应多一些心灵的沉静和内心的坚守，把提升道德修养作为终身课题，严操守、重品行、淡名利，切实做到诱惑面前不动心，纪律面前不越轨，劝诫面前不麻痹。

"劝诫"知敬畏。魏某、朱某等人直至追悔时才感言"没人看是祸"，他们身居国家纪检要职，居然不知道自己也是有法纪看着的，实在有些可悲！可见，并非"没人看"，而是贪欲逐渐膨胀，根本就没打算被看着。魏某、朱某等人倘若能珍惜法纪"提示音"的每次"劝诫"，在自我学习和被监督中强化党性修养和宗旨意识，去提升对党规国纪的敬畏度，断然不至于咎由自取，由一名执纪监督者蜕变为腐败分子，留下一个深刻教训。我们理应始终头悬法纪这把达摩克利斯之剑，心中时刻敬畏组织、敬畏法纪、敬畏群众，在"劝诫"中保持做人的尺度，在"劝诫"中恪守做事的底线。

"劝诫"有关爱。诚然，大多数人都具有较好的思想品德和自律意识，但人的天性里还有麻痹松懈的时候，尤其是身处领导或执法岗位，时常会遇到一些奉承和诱惑，难免头脑会不大清醒。此时，拉袖提醒就发挥了很好的"劝诫"作用。"劝诫"虽然"唠叨"，但也是一种关爱，犹如多了一道思想防火墙，各类腐败"病毒"近不了身。帮助喊一嗓子、提提领子、拉拉袖子，同时多听些"唠叨"，珍惜每次被"劝诫"的机会，就会遇百毒而不侵、出淤泥而不染，始终保持政治上的清醒坚定。

"时时勤拂拭，勿使惹尘埃。"要谨遵人生旅途方向的最美提示音，乐于自醒自警自励听"劝诫"，慎独慎言慎行记"劝诫"，始终保持如履薄冰、如临深渊般的心态，才能平稳踏实地走好人生路。

由猴子吃香蕉引发的思考

美国加利福尼亚大学的学者把6只猴子分别关在3间空房子里，每间两只，第一间把香蕉放在地上，第二间把香蕉挂在从低到高不同高度的适当位置上，第三间把香蕉放在天花板上。结果，第一间的猴子一见到香蕉，一天内就全吃光了，最终只能是饿死。第三间的猴子眼睁睁地看着香蕉，怎么跳也够不着，精疲力尽而死。只有第二间房子的猴子是先跳着吃挂得比较低的香蕉，再依次吃再高一点的，在逐步跳跃的过程中，弹跳能力得到极大提高，最后竟能吃到挂在天花板上的那份香蕉。后来，管理学家把通过合乎实际的分解方法来达到的目标高度，称为"香蕉高度"。三个房间猴子的不同结局，应该引发我们的思考。

一、目标导向应设立力所能及的"香蕉高度"。无论是一个单位还是个人，都会有自己的建设规划或奋斗目标。现实工作中，目标要么不切实际，要么极易实现，标准过高则容易泄气，丧失信心，打击工作积极性；标准太低则容易满足现状，闲置资源，这些都不利于个人和单位的发展。从上述猴子的实验表明，我们需要的是"跳一跳，够得着"的务实可行的工作目标。一是对目标要求心中有数。对上级明确的目标要弄清标准、等级、规模、时限，分清哪些需要上级支持，哪些需要友邻协调，哪些需要自身努力，哪些需要部属配合，并以此划分总体目标、阶段目标和当前目标。二是对基本能力心中有数。注重用工作实践客观评价自己，对建设现状、队伍结构、装备质量、作风士气以及自身优劣长短等要清醒认识，超出自身能力限度的不自不量力，超出自身专业领域的不盲目行事，超出自身职责范围的不自以为是。三是对自身潜力心中有数。在估量自身能力的基础上，充分考虑内在资源、客观条件、外部环境等因素的影响，一切从实际出发，既不夸大，也不低估自己。

二、教育管理应设置循序渐进的梯次目标。在猴子吃香蕉的实验中，第一、第三个房间的猴子之所以都死了，主要是由于设置了两种极端目标。一是触手可及的目标，一是望而却步的目标，这两种目标产生的结果，要么使人丧失斗志，在坐吃山空中走向衰亡，要么在困境无助中坐以待毙，而第三个房间由低到高依次设置的目标，让猴子得以生存。这启示我们，在教育管理中围绕素质培养、层次建设要设置科学合理的梯次目标。一是目标渐进。善于化整为零、化繁为简，将目标由大到小进行分解，由低到高进行排序，由易到难进行设置，确保教育培养对象能接受、愿努力、可实现。二是兑现激励。在付出努力后，重在给予相应的价值体现，如有精神物质奖励，使单位保持良好的发展态势，员工保持旺盛的工作活力。三是区分对象。在工作中，我们往往可以看见一锅煮、一刀切的现象，训练不分对象，新老员工一种要求一个标准；教育不分层次，管理不分先进后进，这些都要求我们用好质量调控这个杠杆，因人而异定目标、因人制宜抓落实。

三、完成任务应具有看菜吃饭的全局统筹。在实验中，第一个房间的状况颇让人警醒，缺乏忧患意识，不看条件盲目作为、急功近利的教训尤为突出。在工作中，等靠要思想严重，或是工作中管前不顾后，一旦出现危机，只能是勒紧裤腰带，造成大起大落的局面。一是要立足现有资源，确立"有什么条件打什么仗"的观念，不盲目攀比，不讨价还价；确立"现有的就是最好的"观念，不自我贬低，不议论抱怨，不浪费时间，不消极等待；确立"自己动手、丰衣足食"的观念，以我为主、不等不靠，立足自我、主动作为。二是合理分配资源。根据编制大小、能力强弱、任务轻重、工作程序合理分配资源，既要集中使用，又要有所预留；既要精打细算，又要细水长流；既要保障重点，又要关注难点；既不能寅吃卯粮，也不能坐吃山空。三是盘活用足资源。善于用资源之外的内部力量实现资源利用效益最大化，要注重加强核心领导，以坚强的组织力来强化既有资源功能；要注重合理编配人员，以互补的协作力来发挥既有资源作用；要注重激发群众士气，以强劲的内动力来增加既有资源效益。

从"过敏"的庞迪雅克说起

这是一个发生在美国通用汽车的客户与该公司客服部之间的真实故事。一户美国人家有一个习惯,每天吃完晚餐后,都会以冰淇淋来当作饭后甜点。当他家买了一部新的庞迪雅克(Pontiac)后,却发生了一件奇怪的事。每当车主驱车去路途不近的冰淇淋店买香草口味冰淇淋时,从店里出来后车子就发动不了了,但如果买的是其他口味的冰淇淋,车子就能顺利发动。几经检验,皆是如此。这位车主于是给美国通用汽车公司的庞迪雅克部门写信反映这个问题:"这是我为了同一件事情第二次给你们写信,我不会怪你们为什么没有回信给我,因为我也觉得这样别人会认为我疯了,但这的确是一个事实。"

"汽车对香草冰淇淋过敏?"这封投诉信让庞迪雅克的负责人感到不可思议,但他还是派了一位办事严谨的工程师前去处理这桩怪异的投诉案。当工程师找到这位车主时,发现车主是一位事业成功、乐观且受了高等教育的人,并不像刻意找茬刁难的人。工程师特地选择用完晚餐的时间见面,一同开上车去往冰淇淋店。当买好香草冰淇淋回到车上后,车子果然打不着火。这位工程师之后又连续来了三个晚上。第一晚,巧克力冰淇淋,车子没事。第二晚,草莓冰淇淋，车子也没事。第三晚，香草冰淇淋，车子仍然启动不了。看来，车主的庞迪雅克确实对香草冰淇淋有些"过敏"。

难道是真的吗？但这位工程师并不相信"过敏"一说，而是认为没有找到真正的原因。他开始记下从开始到最近所发生的种种详细资料，如汽车经过的路线、使用汽油的种类、开出和开回以及停车所用的时间……根据记录的资料，他得出一个结论：这位车主买香草冰淇淋所花的时间比买其他口味所用的时间要少得多。

一丝不苟的工程师仔细研究分析一些细节后，终于发现了汽车对香草冰淇淋"过敏"的奥秘：由于香草冰淇淋是所有冰淇淋口味中最畅销的一款，店家为了方便顾客拿取，将香草口味的冰淇淋特地陈列在单独的冰柜里，并放置在一进门的位置，而其他口味则混放在距离收银台较远的地方。当买其他口味的冰淇淋时，由于所花的时间较长，发动机有足够的时间散热，重新发动时就没有太大的问题；但是买香草冰淇淋时，由于所花的时间较短，发动机没有足够的时间散热，油管中就会出现气体阻塞油路的"气阻"现象，发动机就无法正常发动，以致引发汽车对香草冰淇淋"过敏"的误解了，厂家因此改进了"蒸气锁"，妥善解决了发动机散热的"气阻"问题。

从此谜底被揭开的过程中，我们可以得到一些有益的启示：一是相信专业最可靠。在工作生活中我们或许也会遭遇像庞迪雅克"过敏"的反常事，不少人牵扯出神秘玄幻的说法来，甚至十分笃信，这样只会让自己远离科学和真相。要发现事实真相，避免人云亦云，误入歧途，应多依靠专业的力量，多相信科学的判断，就会让自己遇到难题、怪事、困境时保持清醒，解决起来少走弯路。二是调查研究最管用。遇事不喜欢作刨根问底的调查研究，其实是一种思维懒惰、发现懈怠，缺乏深研细究的科学态度和探索精神，这样只会放大自己的无知和怯懦。庞迪雅克工程师连续三个晚上进行调查取证，深入现场、深察过程、深究根源，为查明真相奠定了坚实基础。因此，要善于在调查研究的过程中由表及里、去伪存真，就能逐渐发现规律、找准症结。三是关注细节最关键。俗话说，真知藏于细节。庞迪雅克工程师如果不详细记录行车路线、汽油种类、行驶时间等数据资料，洞察不同冰淇淋的放置位置等细节，就难以发现发动机散热时间不同的关键因素。这也要求我们，解决问题不可粗枝大叶、浅尝辄止，而要善于以细求深，以细求真，在小事和细节处找到问题的关键和突破口。

当人生的庞迪雅克"过敏"时，不妨多一点寻根问底，少一些牵强附会；多一点调查研究，少一些自以为是，客观细致地面对问题、查究原因、找准症结。

走在安义古村的心怀里

曾经，一座古村落，漫随流水不疾不徐，安静地守在绿荫重叠和鸟鸣深处，倾听千年风霜的浅唱低吟，静观岁月的沧桑变迁，也独享着世间的冷暖悲欢，却未洗往日的气质铅华。这座隔着梅岭眺望滕王阁的安义古村，人未踏入，心已被浸润。你若走进古村的心怀里，它纯朴的内心世界和遥远故事里的荣光便涟漪般波动。

庚子年的 5 月，我去南昌看望父母，闲暇之余想到了曾经相逢的安义古村。于是和兄弟再次踏上了古村之旅。记忆中的古村，印象最深刻的是款款的战友情谊和一棵古樟树的盛情枝叶，从前窘于时间的短暂，田园阡陌，老宅深院皆匆匆而过，而今，故地重游，记忆依稀的古村又会示我以怎样的面貌妆容呢？

安义古村其实是一个古村落群，位于江西省南昌市郊西山梅岭脚下，离南昌市仅 30 公里，距昌北机场 35 公里，距今已有 1400 多年历史。石鼻镇古村由罗田、水南、京台三个自然村组成，一直以来"村落晴如画，街巷昼起烟"，是中国典型的赣商文化村。与往日尚未完全开发相比，古村现已成为国家 4A 级旅游景区，获得了"中国历史文化名村""江西十大乡村美景"称号，这也让一路驱车的我们心驰神往。当斯安战友接到我们时，映入眼帘的书法大家沈鹏题写的"安义千年古村群"开启了一场千年穿越之旅。

或许你会听说当地的一首民谣："小小安义县，大大罗田黄。"这就是名声在外的罗田村了，村里人多为黄姓，传为祝融帝后裔为避战乱，于晚唐广明年间由湖北蕲州迁徙至此。我急切地问战友，古樟在哪里？因为它承载着我匆匆那年的厚重记忆，于是顺着指引来到当地人称之为"太婆樟"的千年古樟旁，这次我注意了解一番，原来是逃难的始祖黄克昌到罗田的第一年所栽，他在山上搭棚而居，梦见金狮钻入土中，天亮后掘得重宝三百金，于是种下这棵樟树。已有1200多年历史的唐樟直径达2.8米，6个人拉手环抱也抱不过来。我环顾打量了古樟一周，挂满的红色丝带和祈福木牌如同岁月颁发的勋章，随风摇曳着传说中的荣耀。在古樟的怀抱之下，愈发敬仰它饱经沧桑的生命力，也铭谢它情牵战友的缘分，并让古樟再次见证我和斯安战友的此时此刻，留下永远的记忆。罗田村其实也有"长寿村"之誉。因为有一方必到必看的寿康井，这座开掘于唐代的水井，呈"井"字形状，让人联想到甲骨文"井"字的来历。井水清凉甘甜，不少游客会好奇地品饮一口，兴许是听闻周围90多岁的老人还大多健在，愈发传出古井"寿康"的神奇之处来。

罗田村还是当年香客赴西山万寿宫朝拜许真君的必经之地，所以村旁店铺比肩，商贾云集，可以想象那时人喧鼎沸的盛况。"物换星移几度秋"，村中古街似乎还留存着熙攘喧嚣的商业气息，深浅不一的车辙可以追溯当年赣商文化的痕迹，麻石板道默默承载着江右商帮的成长故事，精巧的木雕砖像和石刻也仿佛在诉说昔日的荣光。

徜徉在村中两条平行的前街、后街，来到彼此相连接的横街。最出彩的建筑要算横街与后街交汇处的世大夫第了，所谓"世"是指世代，"大夫"指的是四品官员，因为房屋主人黄秀文一生行善，是罗田有名的红顶商人，以至于乾隆听说后，给他连升三级，也就有了这个"世大夫第"的传世牌匾。这座富家豪宅建了38年，相继建出12个厅堂，36对厢房，108间起居室和48个天井，处处雕梁绣户、层台叠榭，被大家称作"48个天井"的古宅院气势也油然而生。

古村的古宅可谓名副其实，四处可见匠人和居者的求安求福求富的智慧和寓境。古宅多四面高墙，对外不设窗户，能更好地防盗防匪。内置天井采光沐风，接天通地，显得十分静雅。当地人讲究风水，视水如财。整个村庄至今保留着完整的地下排水系统，下雨的时候，雨水沿着屋面流入天井，这叫作"肥水不流外人田"。而天井与下水道的连接之处设计了一个古铜钱形状，则意味着财源滚滚来。

辗转走进的是更古老也颇有特色的京台村。村落以刘、李两大姓居多，据称刘姓是徐州人刘宗绪、刘宗寿兄弟，在初唐武德元年（618）因父死和战乱移居于此，这也让在徐州生活过20来年的我来了深究的兴趣。原来他们的父亲是做过南北朝陈国豫章太守的刘广德，也是汉代学者刘向的后裔，至今留存题有"绩绍中垒"的唐代石门坊证实了这一点，因为刘向曾官居中垒校尉。而李氏之祖敬让公则是在明初洪武年间，由朝廷授封而落户于此的宫廷御医，于是就有了刘李世代相融、和睦相处的"汉唐流馨"了。

京台村最值得一看的，当数建于清乾隆年间的古戏台，占地只有86平方米的戏台虽不大，砖木结构，台为四阿顶，但它甚是夸张的飞檐翘角，精致的斗拱藻井，台底五个装饰性圆形孔洞，巧妙地形成共鸣的音箱构建，"南国第一古戏台"的美誉名不虚传。人生如戏，戏如人生。见证着当年富裕、安逸的精神文化生活的戏台，你方唱罢我登场，仿佛演绎着古村千百年来的荣辱悲欢。

当你来到京台村曦庐墨庄，也需感叹刘氏后人亦是有为之辈。曦庐墨庄始建于清康熙四十九年（1710），由刘章达、刘华松、刘华杰父子两代人修了38年，硬是将一个私人住宅建成了占地6700平方米的建筑群，总共修了30栋之多，墨庄则是主人为自家孩子建造的私塾，虽然在太平天国时期毁了一部分，但如今依旧保存了3000多平方米。而这浩大的工程资金，是刘氏靠着朝廷应允监督的制币厂——经营官宝炉生意发家致富而来。走屋穿巷，反复进入视野的青砖灰瓦马头墙的院落是典型的赣派建筑风格，没有飞檐翘角，少了奢华和脂粉气，但不失深沉与厚重，彰显出赣商的诚实本分和含蓄低调。

京台古村以非遗馆、博物馆、茶艺馆居多，也有西洋风格的咖啡馆，正是历史悠久，古迹斑驳，特色独具，文化气息浓郁，也成为影视拍摄胜地。如果你对赣文化和赣商文化还意犹未尽，可以一去京台赣文化大院内，尽情体验其中的旅游观光、研学旅行、文创设计、实践教育等，这里的江西省青少年研学文创产业基地会让你眼界大开。

移步而至的水南村拥有一个很诗意的名字，说起渊源，水南村始建于明洪武七年，已有630多年的历史，是古罗田村黄氏后裔黄一能迁出另建的新村。水南村现存古屋规模宏大，雕饰精美，栩栩如生，没有"密锁重关掩绿苔"，却让人"廊深阁迥此徘徊"。在这里你会看到用于祭祖和办理婚、丧、寿、喜等大事的黄氏宗祠，会见识"辫帅"张勋少年时到首富人家谦益堂放牛谋生所出入的古村古屋，会一睹存世不超过3幅的"百蝠图"窗雕，也会在水南民俗馆里回味先民们生产生活的情景。而更有情调的是有180年历史的闺秀楼，吸引了不少年轻情侣来此一续情缘。两层回廊上你可以想象当年富家小姐抛绣球的场景，而如今"轩窗帘幕皆依旧，只是堂前欠一人"了。当你略感疲累时，不妨走近喊泉大声呐喊，让一汪水柱射向天空，也任凭心情由此放飞。

其实，让水南村更具声名的是它的美食。这里的水南赣派小吃街，汇集江西省 11 个地市 76 种特色名典小吃，其中包括黎川状元糖、黄元米果等非遗小吃，果蔬彩粉、宋代点茶等网红小吃，永新血鸭拌粉等特色小吃，神山糍粑、赣南烫皮等客家小吃，不时会有民族风情、泼水节、电音啤酒节等活动，吸引各地游客前来大快朵颐，也顺便领略独特的赣文化，真可谓"吃遍江西在安义，寻味赣都在古村"。斯安战友在唐樟餐厅的盛情款待，也让我们有幸品尝安义的特色佳肴，兄弟更是对潦河棍子鱼等菜品赞不绝口。原汁原味的古村味道来自农家民宿，家家门口会晒着腊肉菜干等食材。最不能错过的，有农家土灶饭、尖椒小河鱼、腊肉炒春笋、蕨菜炒肉、花椒鸡，还有必不可少的安义手工米粉。运气好的话，还可以邂逅长桌宴，一条长街上几十条桌子依次排开，数百上千人共赴一场盛大的宴会，那种融进血脉里的亲情被深深地凝结到一起，又是何等热闹祥和的场景呢？

安义古村三村中间由一片花海连通，被称为"花田喜地"。春季的油菜花、波斯菊、蝶恋花、马鞭草、硫化菊，夏入秋时的荷花，不同季节汇成花的海洋，犹如一幅绝美的田园画，也让人理解苏轼为何感叹"田园处处好，渊明胡不归"了。在古村花海的北角旁，5 月 1 日曾举行过唐式集体婚礼，我们自然是错过了。当时来自江西各地的 99 对情侣，在安义古村悠悠千年的古风古韵之间，依唐婚六礼之制，共结同心。沃盥、却扇、同牢、合卺、结发等唐代婚礼经典环节一一再现。可以想象，隆重华美的唐婚场景与安义古村的古屋古街相辉映，盛唐风采一派喜庆祥和！穿越千年，重回盛唐，无数人于千载岁月之间倾心梦寐！

在石阶上静坐，回首这次短暂而诚心的出行，仰望飞鸟振翅，由衷感悟：文化是一个民族的灵魂，也是一个村落的灵魂。赣郡遗韵是古村沉淀的灵魂，青砖灰瓦是古村生命的符号，田园街巷是古村馈赠的乡愁。"一村风月，几辈传人。"著名作家冯骥才说：每座古村落都是一部厚重的书。安义古村的存在就是先民们繁衍生息、创业奋斗的历史写照，他们开村拓土建设家园，自力更生创造财富，凝结了弥足珍贵的人文精神，值得我们珍视和汲取，更有对接时代传承的厚重责任，真正在乡村振兴中让人们望得见山，看得见水，留得住乡愁。

不妨迈步人生的"天桥"

近些日子，抖音和微信小视频成了闲暇的消遣。印象最深的是郑强教授讲演的一则微信小视频，讲述的是大学里因为撞伤过一位博士修了一座天桥，然而这座天桥修了两年即使出入口加装了电梯也没有什么学生走，为此他建议大学门口别修天桥，修地下通道，因为人们更愿意走得轻松。

更引我思考的是郑教授后面的话，他认为一个人在做事的第一步决定了他的未来，凡是轻松的大多人都愿意选，凡是第一步要付出的大多人都回避。而实际上，走天桥和走地下通道付出是一样的，前面舒服了后面就要爬坡，前面爬坡了后面就会舒服。郑强教授的这一番话不乏警示和启迪，也折射出人生现实。

在一个人人放飞梦想的时代，我们会遇上人生的一座座"天桥"。是拾级而上，还是下穿地道，抑或抄个"近道"横穿公路，都是摆在我们面前的选择。

在功利主义、物质享乐的诱惑面前，不少人会止步于命运的"天桥"，迈向"简单"和"实际"：找对象青睐有车有房，最好是富二代的，求职希冀岗位轻松少加班待遇高的，工作任务挑不担责任没压力风险小的，改革创新习惯拿来就能用沿袭现成的……在他们眼里，人生苦短，奋斗是一种奢侈，活得安逸才是首选。往往是学习怕吃苦，生活怕清苦，工作怕艰苦，热衷"自我设计"，醉心"晋升路线图"，总想拉关系、"接天线"、走捷径。而凡是第一步选择舒坦的人，再付出的时候，就会觉得他得到的被剥夺了，留下的只有懊悔。

大量现实案例也表明，离开了直面艰苦的真抓实干，不仅不能进步成长，反而容易摔跟头。因为，选择安逸，如同选择负成长、逆进取，没有建立在付出和努力基础上的所得和作为，随时会离你而去，也难以实现真正的成长和成功。

有句话说得好："别在吃苦的年纪选择安逸。"当一个人习惯于安逸，习惯于待在自己的舒适区中，那么他的人生很难再有所增进，目前的状况很可能已经是他的极限了。

有人说，当代青年的人生底色是精神迷茫与生存压力，当代青年的集体关注是个体得失。其实，不仅仅是年轻的时候，每一个人都会面临愿不愿、敢不敢、善不善于走好人生的"天桥"问题。

"中国青年五四奖章"获得者、"90后"彝族小伙阿合尔，放弃繁华的都市生活，回到家乡四川雷波县簸箕梁子乡觉普村挑起了村委会主任的重担，在悬崖上建起扶贫路，终于在2017年帮助村子摘掉了贫困帽。2022年感动中国人物陈贝儿出生在香港，生长在温哥华。一直生活在繁华都市的她，为了打破西方媒体对中国脱贫成功的质疑，放下安逸生活，带领团队穿梭全国6个省份10个脱贫地区，深入海南热带雨林、川藏高原、戈壁沙漠，拍摄制作了12集纪录片《无穷之路》，不仅内地观众赞不绝口，在香港也好评如潮，并获"TVB最佳女主持"奖项。

"绿化将军"张连印戎马一生，本可以选择安度晚年，他却饮风咽沙、倾尽所有，身患癌症仍不停地植树，在家乡建起了一道造福百姓的"绿色长城"。

实际上，你在一念之间作出的选择，也注定了与他人的巨大差距。凡是第一步选择艰辛走"天桥"的人，总是与砥砺同行，与光荣为伍。因为，选择吃苦也就选择了收获，选择奉献也就选择了高尚。

"志不求易者成，事不避难者进。"懂得品味艰辛的人，会洋溢奋斗的光，让自己的一切经得起岁月的推敲。不负光阴，不负事业，不负时代。趁着青春的大好时光，趁着年华尚未迟暮，勇于迎难而上，迈步人生的"天桥"，多经历一点摔打、挫折和考验，以此铭记努力的价值和人生的意义，就是对自己人生年华的最好注解。